圖書在版編目（CIP）數據

古詩源 / (清) 沈德潛選編. -- 揚州 : 廣陵書社,
2017.7
(文華叢書)
ISBN 978-7-5554-0778-2

Ⅰ. ①古… Ⅱ. ①沈… Ⅲ. ①古典詩歌－詩集－中國
Ⅳ. ①I222.72

中國版本圖書館CIP數據核字(2017)第175288號

ISBN 978-7-5554-0778-2

9 787555 407782 >

古詩源

著者 (清)沈德潛 選編
責任編輯 王浩宇
出版人 曾學文
出版發行 廣陵書社
社址 揚州市維揚路三四九號
郵編 二二五〇〇九
電話 (〇五一四)八五二二八〇八八 八五二二八〇八九
印刷 常州市金壇古籍印刷廠有限公司
版次 二〇一七年七月第一版第一次印刷
標準書號 ISBN 978-7-5554-0778-2
定價 壹佰玖拾捌圓整(全叁册)

微信二維碼

微博二維碼

http://www.yzglpub.com E-mail:yzglss@163.com

古詩源

(清)沈德潛 選編

廣陵書社

中國·揚州

文華叢書序

時代變遷，經典之風采不衰；文化演進，傳統之魅力更著。古人有登高懷遠之慨，今人有探幽訪勝之思。在印刷裝幀技術日新月異的今天，國粹綫裝書的踪迹愈來愈難尋覓，給傾慕傳統的讀書人帶來了不少惆悵和遺憾。我們編印《文華叢書》，實是爲喜好傳統文化的士子提供精神的享受和慰藉。

叢書立意是將傳統文化之精華萃于一編。以内容言，所選均爲經典名著，自諸子百家、詩詞散文以至蒙學讀物、明清小品，咸予收羅，經數年之積纍，已蔚然可觀。以形式言，則採用激光照排，文字大方，版式疏朗，宣紙精印，綫裝裝幀，讀來令人賞心悦目。同時，爲方便更多的讀者購買，復盡量降低成本、降低定價，好讓綫裝珍品更多地進入尋常百姓人家。

可以想象，讀者于忙碌勞頓之餘，安坐窗前，手捧一册古樸精巧的綫裝書，細細把玩，静静研讀，如沐春風，如品醇釀……此情此景，令人神往。

讀者對于綫裝書的珍愛使我們感受到傳統文化的魅力。近年來，叢書中的許多品種均一再重印。爲方便讀者閲讀收藏，特進行改版，將開本略作調整，擴大成書尺寸，以使版面更加疏朗美觀。相信《文華叢書》會贏得越來越多讀者的喜愛。

有《文華叢書》相伴，可享受高品位的生活。

廣陵書社編輯部

二〇一五年十一月

出版説明

《古詩源》由清人沈德潛選編。沈德潛（一六七三—一七六九），字確士，號歸愚，江蘇長洲（今江蘇蘇州）人，乾隆時官至内閣學士兼禮部侍郎，著名詩人、詩論家。早年曾向吴江詩人葉燮學詩。其古體詩繼承漢魏風格，近體詩則宗法盛唐。强調詩要講求格調，他的主張和王士禎的强調神韵，趙執信的强調聲調，袁枚的强調性靈，同爲當時詩歌創作的四個主要流派。除《古詩源》外，另著有《竹嘯軒鈔》《歸愚詩文鈔》，并選輯了唐、明、清三朝詩《别裁》，《七子詩選》諸集。

《古詩源》包含先秦至隋各個時代，《詩經》《楚辭》以外七百餘首古詩。共十四卷，分爲古逸一卷，漢詩三卷，魏詩二卷，晋詩三卷，南朝宋詩二卷，齊、梁、陳以及北朝、隋詩共三卷。沈德潛在《自序》中提到宋元以來學者對唐詩株守太過，對唐詩之發源却不够重視，這是其選編《古詩源》的緣由。作者旨在通過是書完整清晰地展示唐以前詩歌發展嬗變的軌迹，全面充分地展現唐以前詩歌創作的具體成就。與同類選本相較，本書選目精當，選量適中，評注簡明而切中肯綮，因此頗爲流行。

沈德潛在其《七子詩選序》中論及爲詩之道時曾提出三條標準：審宗旨、標風格、辨神韵。這些標準潛移默化地反映在《古詩源》的選篇中。審宗旨、標風格指作詩要『原乎性情』和『本乎氣骨』，即所謂的『格調』，對詩歌而言固然重要，但其藝術品位最終還須看詩篇是否具有超逸、深遠、雋永、含蓄的意境，還須看詩篇是否具有使人入神和回味無窮的韵味，亦即作者所謂的『神韵』，這些標準大概也影響了沈德潛的選詩，使《古詩源》在繼承儒家温柔敦厚詩教傳統的同時，又具有了很强的包容性：既承襲了嚴羽和明七子關於格高調逸的理論，又吸取了明清以來主性情、重創新的思想；論詩特重雅正，但又不避俚俗；推崇杜甫『鯨魚碧海』的風格，但又賞識清遠宛然的詩境，所選詩歌體現了壯美與優美的結合、格調與神韻的一統，使《古詩源》成爲中國詩學史上一部十分重要而且著名的經典選本。

我社此次整理出版的《古詩源》，以《四部備要》本爲底本，參考了近來出版的一些最新成果。底本采用舊式標點，本次整理采用新式標點，更便於閲讀。宣紙綫裝，以期爲讀者提供一個精緻、典雅之讀本。

廣陵書社編輯部

二〇一七年六月

目録

文華叢書序……一
出版説明……一
序……一
例言……一
古詩源卷一
古逸
擊壤歌……一
康衢謠……一
伊耆氏蠟辭……一
堯戒……一
卿雲歌……一
八伯歌……一
帝載歌……一
南風歌……一
禹玉牒辭……二
夏后鑄鼎繇……二
商銘……二
麥秀歌……二
采薇歌……二
盥盤銘……二
帶銘……二
杖銘……二
衣銘……二
筆銘……三
矛銘……三
書車……三
書户……三
書履……三
書硯……三
書鋒……三
書杖……三
書井……三
白雲謠……三
祈招……四
懿氏繇……四
鼎銘……四
虞箴……四
飯牛歌……四
琴歌……五
暇豫歌……五
宋城者謳……五

驂乘答歌……五
役人又歌……五
鸜鵒歌……五
澤門之皙謳……五
忼慷歌……五
子産誦二章……六
孔子誦二章……六
去魯歌……六
蟪蛄歌……六
臨河歌……六
楚聘歌……六
獲麟歌……六
龜山操……六
盤操……七
水仙操……七
接輿歌……七
成人歌……七
漁父歌……七
偕隱歌……八
徐人歌……八
越人歌……八
越謡歌……八
琴歌……八
靈寶謡……八
吴夫差時童謡……八
烏鵲歌……八
答夫歌……九
越群臣祝……九
祝越王辭……九
彈歌……九
禳田者祝……九
巴謡歌……九
渡易水歌……一〇
三秦記民謡……一〇
楚人謡……一〇
河圖引蜀謡……一〇
湘中漁歌……一〇
太公兵法引黄帝語……一〇
六韜……一〇
管子……一〇
左傳引逸詩……一一
左傳……一一
國語……一一

孔子家語……一一
列子……一一
韓非子……一一
愼子……一一
魯連子……一二
戰國策……一二
史記……一二
漢書……一二
列女傳引古語……一二
説苑……一二
劉向別録引古語……一二
新序……一三
風俗通……一三
桓子新論引諺……一三
牟子引古諺……一三
易緯引古詩……一三
四民月令引農語……一三
月令註引里語……一三
水經註引諺……一三
山經引相冢書……一三
文選註引古諺……一四
魏志王昶引諺……一四
梁史……一四
史照通鑑疏引諺……一四
古諺古語……一四

古詩源卷二

漢詩

高帝
大風歌……一五
鴻鵠歌……一五
項羽
垓下歌……一五
唐山夫人
安世房中歌……一五
朱虚侯章
耕田歌……一七
紫芝歌……一七
武帝
瓠子歌二首……一七
秋風辭……一八
李夫人歌……一八
柏梁詩……一八
落葉哀蟬曲……一八
蒲梢天馬歌……一九

韋孟
諷諫詩……一九
東方朔
誡子詩……二〇
烏孫公主
悲愁歌……二〇
司馬相如
封禪頌……二〇
卓文君
白頭吟……二一
蘇武
詩四首……二一
李陵
與蘇武詩三首……二二
別歌……二二
李延年
歌一首……二二
燕刺王旦
歌……二三
華容夫人
歌……二三
昭帝
淋池歌……二三
楊惲
拊缶歌……二三
王昭君
怨詩……二三
班婕妤
怨歌行……二四
趙飛燕
歸風送遠操……二四
梁鴻
五噫歌……二四
馬援
武溪深行……二四
班固
寶鼎詩……二四
張衡
四愁詩……二四
李尤
九曲歌……二五

古詩源卷三

漢詩

蔡邕

樊惠渠歌……二六
飲馬長城窟行……二六
翠鳥……二六
琴歌……二七
秦嘉
留郡贈婦詩……二七
孔融
雜詩……二七
辛延年
羽林郎……二八
宋子侯
董嬌嬈……二八
蘇伯玉妻
盤中詩……二九
竇玄妻
古怨歌……二九
蔡琰
悲憤詩……二九
諸葛亮
梁甫吟……三〇
樂府歌辭
練時日……三〇
青陽……三一
朱明……三一
西顥……三一
玄冥……三一
惟泰元……三一
天馬……三二
戰城南……三二
臨高臺……三二
有所思……三二
上邪……三三
箜篌引……三三
江南……三三
薤露歌……三三
蒿里曲……三三
鷄鳴……三三
陌上桑……三四
長歌行……三四
君子行……三四
相逢行……三四
善哉行……三五
西門行……三五
東門行……三五

孤兒行……三六
豔歌行……三六
隴西行……三六
淮南王篇……三七
傷歌行……三七
悲歌……三七
枯魚過河泣……三七
古歌……三七
古八變歌……三八
猛虎行……三八
樂府……三八

古詩源卷四

漢詩

古詩爲焦仲卿妻作……三九
古詩十九首……四二
擬蘇李詩……四五
古詩……四五
古詩三首……四六
古詩一首……四六
古詩二首……四六
古絶句……四六
雜歌謠辭
古歌……四七
淮南民歌……四七
潁川歌……四七
鄭白渠歌……四七
鮑司隸歌……四七
隴頭歌二首……四七
牢石歌……四七
五鹿歌……四七
匈奴歌……四七
成帝時燕燕童謠……四七
逐彈丸……四八
成帝時歌謠……四八
投閣……四八
竈下養……四八
城中謠……四八
蜀中童謠……四八
順帝時京都童謠……四八
考城諺……四八
桓帝初小麥童謠……四八
桓靈時童謠……四九
城上烏童謠……四九
靈帝末京都童謠……四九

丁令威歌……四九
蘇耽歌……四九

古詩源卷五

魏詩

武帝
短歌行……五〇
觀滄海……五〇
土不同……五〇
龜雖壽……五〇
薤露……五一
蒿里行……五一
苦寒行……五一
却東西門行……五一
文帝
短歌行……五二
善哉行……五二
雜詩……五二
至廣陵于馬上作……五二
寡婦……五三
燕歌行……五三
甄后
塘上行……五三
明帝
種瓜篇……五四
曹植
朔風詩……五四
鰕䱇篇……五四
泰山梁甫行……五四
箜篌引……五五
怨歌行……五五
名都篇……五五
美女篇……五五
白馬篇……五六
聖皇篇……五六
吁嗟篇……五七
棄婦篇……五七
當來日大難……五七
野田黄雀行……五八
當墻欲高行……五八
贈徐幹……五八
贈丁儀……五八
又贈丁儀王粲一首……五八
贈白馬王彪……五九

贈王粲……六〇
送應氏詩二首……六〇
雜詩……六〇
七哀詩……六一
情詩……六一
七步詩……六一

古詩源卷六

魏詩

王粲
贈蔡子篤詩……六三
七哀詩……六三
陳琳
飲馬長城窟行……六四
劉楨
贈從弟三首……六四
徐幹
室思……六五
雜詩……六五
應瑒
侍五官中郎將建章臺集詩一首……六五
別詩……六五
應璩
百一詩……六六
雜詩……六六
繆襲
克官渡……六六
定武功……六六
屠柳城……六六
挽歌……六七
左延年
從軍行……六七
阮籍
詠懷……六七
大人先生歌……七〇
嵇康
雜詩……七〇
贈秀才入軍……七〇
幽憤詩……七一
雜歌謠辭
吳謠……七二
孫皓天紀中童謠……七二

古詩源卷七

晉詩

司馬懿
讌飲詩……七三
張華
勵志詩……七三
答何劭……七四
情詩……七四
雜詩……七四
傅玄
短歌行……七五
明月篇……七五
雜詩……七五
雜言……七五
吴楚歌……七五
車遥遥篇……七五
束晳
補亡詩六章……七六
司馬彪
雜詩……七七
陸機
短歌行……七七
隴西行……七八
猛虎行……七八

塘上行……七八
擬明月何皎皎……七八
擬明月皎夜光……七八
招隱詩……七九
贈馮文羆……七九
爲顧彦先贈婦……七九
赴洛道中作……七九
陸雲
爲顧彦先贈婦……八〇
谷風……八〇
潘岳
悼亡詩……八〇
張翰
雜詩……八一
左思……八一
雜詩……八一
詠史八首……八一
招隱二首……八三
左貴嬪
啄木詩……八三
張載
七哀詩……八三

張協
雜詩……八四
孫楚
征西官屬送于陟陽候作詩……八五
曹攄
感舊詩……八五
王讚
雜詩……八五
郭泰機
答傅咸……八五

古詩源卷八

晉詩

劉琨
答盧諶……八六
重贈盧諶……八七
扶風歌……八八
盧諶
答魏子悌……八八
時興……八八
謝尚
大道曲……八九
郭璞
贈温嶠……八九
游仙詩……八九
曹毘
夜聽擣衣……九〇
王羲之
蘭亭集詩……九〇
陶潛
停雲……九一
時運……九一
勸農……九二
命子……九二
酬丁柴桑二章……九三
歸鳥四章……九三
游斜川……九三
答龐參軍……九四
五月旦作和戴主簿……九四
九日閑居……九四
和劉柴桑……九四
酬劉柴桑……九五
和郭主簿二首……九五
贈羊長史……九五

癸卯歲十二月中作與從弟敬遠……九五
始作鎮軍參軍經曲阿作……九六
辛丑歲七月赴假還江陵夜行塗中作……九六
桃花源詩……九六
歸田園居五首……九七
與殷晉安別……九八

古詩源卷九

晉詩

陶潛
乞食……九九
諸人共游周家墓柏下……九九
移居二首……九九
癸卯歲始春懷古田舍二首……九九
庚戌歲九月中于西田穫早稻……一〇〇
丙辰歲八月中于下潠田舍穫……一〇〇
飲酒……一〇〇
有會而作……一〇二
擬古……一〇二
雜詩……一〇三
詠貧士……一〇四
詠荊軻……一〇四
讀山海經……一〇五
擬輓歌詞……一〇五
謝混
游西池……一〇五
吳隱之
酌貪泉詩……一〇六
廬山諸道人
游石門詩……一〇六
惠遠
廬山東林雜詩……一〇七
帛道猷
陵峰采藥觸興爲詩……一〇七
謝道韞
登山……一〇七
趙整

諫歌……一〇八
無名氏
短兵篇……一〇八
獨漉篇……一〇八
晉白紵舞歌詩……一〇八
淫豫……一〇九
女兒子……一〇九
三峽謠……一〇九
隴上歌……一〇九
來羅……一〇九
作蠶絲……一〇九
休洗紅二章……一〇九
安東平……一一〇
惠帝元康中京洛童謠……一一〇
惠帝時洛陽童謠……一一〇
惠帝大安中童謠……一一〇
綿州巴歌……一一〇

古詩源卷十

宋詩

孝武帝
自君之出矣……一一一
南平王鑠
白紵曲……一一一
擬行行重行行……一一一
何承天
雉子游原澤篇……一一一
顏延之
應詔讌曲水作詩八章……一一二
郊祀歌……一一二
贈王太常……一一三
夏夜呈從兄散騎車長沙……一一三
北使洛……一一三
五君詠五首……一一四
秋胡詩九首……一一四
謝靈運
從游京口北固應詔……一一六
述祖德詩二首……一一六
九日從宋公戲馬臺集送孔令……一一七
鄰里相送至方山……一一七
過始寧墅……一一七

七里瀨……一一七
登池上樓……一一八
游南亭……一一八
游赤石進泛海……一一八
登江中孤嶼……一一八
登永嘉綠嶂山詩……一一九
齋中讀書……一一九
田南樹園激流植援……一一九
石壁精舍還湖中作……一一九
登石門最高頂……一二〇
石門新營所住四面高山迴溪石瀨茂林修竹……一二〇
于南山往北山經湖中瞻眺……一二〇
從斤竹澗越嶺溪行……一二〇
過白岸亭詩……一二一
初去郡……一二一
夜宿石門詩……一二一
入彭蠡湖口……一二一
入華子岡是麻源第三谷……一二二
歲暮……一二二

古詩源卷十一

宋詩

謝瞻
答靈運……一二三
九日從宋公戲馬臺集送孔令詩……一二三
謝惠連
擣衣……一二三
西陵遇風獻康樂……一二四
秋懷……一二四
泛湖歸出樓中望月……一二四
謝莊
北宅秘園……一二五
鮑照
代東門行……一二五
代放歌行……一二五
代白頭吟……一二五
代東武吟……一二六

代出自薊北門行……一二六
代鳴雁行……一二六
代淮南王……一二六
代春日行……一二七
代白紵舞歌辭四首……一二七
擬行路難……一二七
梅花落……一二九
登黄鶴磯……一二九
日落望江贈荀丞……一二九
吴興黄浦亭庾中郎別……一二九
贈傅都曹別……一二九
行京口至竹里……一三〇
上潯陽還都道中作……一三〇
發後渚……一三〇
詠史……一三〇
擬古……一三〇
紹古辭……一三一
學劉公幹體……一三二
遇銅山掘黄精……一三二
秋夜……一三二
翫月城西門廨中……一三二

鮑令暉

代葛沙門妻郭小玉作……一三三
題書後寄行人……一三三

吴邁遠

胡笳曲……一三三
古意贈今人……一三三
長相思……一三三

王徽

雜詩……一三四

王僧達

答顔延年……一三四
和琅琊王依古……一三四

沈慶之

侍宴詩……一三五

陸凱

贈范曄詩……一三五

湯惠休

怨詩行……一三五

劉俁

詩一首……一三五

漁父答孫緬歌……一三五
宋人歌……一三五
石城謠……一三六
青溪小姑歌……一三六

古詩源卷十二

齊詩

謝朓

江上曲……一三七
同謝諮議詠銅雀臺……一三七
玉階怨……一三七
金谷聚……一三七
入朝曲……一三七
同王主簿有所思……一三七
京路夜發……一三七
和徐都曹出新亭渚……一三八
游敬亭山……一三八
游東田……一三八
暫使下都夜發新林至京邑贈西府同僚……一三八
酬王晉安……一三八
郡内高齋閑望答吕法曹……一三九
新亭渚别范零陵雲……一三九
之宣城郡出新林浦向板橋……一三九
在郡卧病呈沈尚書……一三九
晚登三山還望京邑……一三九
直中書省……一四〇
宣城郡内登望……一四〇
高齋視事……一四〇
落日悵望……一四〇
移病還園示親屬……一四〇
送江兵曹檀主簿朱孝廉還上國……一四一
秋夜……一四一
和何議曹郊游……一四一
和王著作融八公山……一四一
和伏武昌登孫權故城……一四一

新治北窗和何從事……一四二
和江丞北戍琅琊城……一四二
和王中丞聞琴……一四二
離夜……一四二
王孫游……一四三
臨溪送別……一四三
王融
淥水曲……一四三
巫山高……一四三
蕭諮議西上夜集……一四三
和王友德元古意二首……一四三
張融
別詩……一四四
劉繪
有所思……一四四
孔稚圭
游太平山……一四四
陸厥
臨江王節士歌……一四四
江孝嗣
北戍琅琊城詩……一四四
東昏時百姓歌……一四四
梁詩
武帝
逸民……一四五
西洲曲……一四五
擬青青河畔草……一四五
河中之水歌……一四五
東飛伯勞歌……一四六
天安寺疏圃堂……一四六
藉田……一四六
簡文帝
折楊柳……一四六
臨高臺……一四六
納涼……一四六
元帝
詠陽雲樓簷柳……一四七
折楊柳……一四七
沈約
臨高臺……一四七
夜夜曲……一四七

新安江至清淺深見
底貽京邑游好……一四七
直學省愁卧……一四八
宿東園……一四八
別范安成……一四八
傷謝朓……一四八
石塘瀨聽猿……一四八
游沈道士館……一四八
早發定山……一四九
冬節後至丞相第詣
世子車中作……一四九
奉和竟陵王經劉瓛
墓……一四九

古詩源卷十三

梁詩

江淹
從冠軍建平王登廬
山香爐峰……一五〇
望荆山……一五〇
古離別……一五〇
班婕妤詠扇……一五〇
劉太尉琨傷亂……一五〇
陶徵君潛田居……一五一
休上人怨別……一五一
效阮公詩……一五一
范雲
有所思……一五二
贈張徐州謖……一五二
送沈記室夜別……一五二
之零陵郡次新亭……一五二
別詩……一五二
任昉
贈郭桐廬出溪口見
候余既未至郭仍
進村維舟久之郭
生乃至……一五三
贈徐徵君……一五三
別蕭諮議……一五三
出郡傳舍哭范僕射……一五三
邱遲
侍宴樂游苑送張徐
州應詔……一五三
旦發漁浦潭……一五四
柳惲

江南曲……一五四
贈吴均……一五四
搗衣詩……一五四
庾肩吾
奉和春夜應令……一五五
亂後行經吴御亭……一五五
詠長信宮中草……一五五
經陳思王墓……一五五
吴均
答柳惲……一五五
酬別江主簿屯騎……一五六
主人池前鶴……一五六
酬周參軍……一五六
春詠……一五六
山中雜詩……一五六
何遜
日夕望江山贈魚司馬……一五六
道中贈桓司馬季珪……一五七
入西塞示南府同僚……一五七
贈諸游舊……一五七
送韋司馬別……一五七
別沈助教……一五七
與蘇九德別……一五八
宿南洲浦……一五八
和蕭諮議岑離閨怨……一五八
臨行與故游夜別……一五八
與胡興安夜別……一五八
慈姥磯……一五八
相送……一五九
王籍
入若耶溪……一五九
劉峻
自江州還入石頭詩……一五九
劉孝綽
古意……一五九
陶弘景
詔問山中何所有賦詩以答……一五九

寒夜怨……一五九
曹景宗
光華殿侍宴賦競病
韻……一六〇
徐悱
古意詶到長史溉登
琅琊城……一六〇
虞羲
詠霍將軍北伐…一六〇
衛敬瑜妻王氏
孤燕詩……一六一
樂府歌辭
企喻歌……一六一
幽州馬客吟歌辭一六一
琅琊王歌辭……一六一
鉅鹿公主歌辭…一六一
隴頭歌辭……一六一
折楊柳歌辭……一六一
木蘭詩……一六二
捉搦歌……一六二

古詩源卷十四

陳詩

陰鏗
渡青草湖……一六三
廣陵岸送北使…一六三
江津送劉光禄不
及……一六三
和傅郎歲暮還湘州
……一六三
開善寺……一六三
徐陵
出自薊北門行…一六四
別毛永嘉……一六四
關山月……一六四
周弘讓
留贈山中隱士…一六四
周弘正
還草堂尋處士弟
……一六四
江總
遇長安使寄裴尚書
……一六五
入攝山棲霞寺…一六五
南還尋草市宅…一六五

并州羊腸坂……一六五
于長安歸還揚州九月九日行薇山亭
賦韻……一六五
哭魯廣達……一六五
閨怨篇……一六五
張正見
秋日別庾正員……一六六
關山月……一六六
何胥
被使出關……一六六
韋鼎
長安聽百舌……一六六
陳昭
昭君詞……一六六
北魏詩附
劉昶
斷句……一六七
常景
司馬相如……一六七
王褒……一六七
嚴君平……一六七
揚雄……一六七
温子昇
從駕幸金墉城……一六七
搗衣……一六八
胡叟
示陳伯達……一六八
胡太后
楊白花……一六八
雜歌謡辭
咸陽王歌……一六八
李波小妹歌……一六八
北齊詩附
邢邵
思公子……一六九
祖珽
挽歌……一六九
鄭公超
送庾羽騎抱……一六九
蕭慤
上之回……一六九
和崔侍中從駕經山寺……一六九

古詩源

目録

秋思……一七〇
顔之推
古意……一七〇
從周入齊夜度砥柱……一七〇
馮淑妃
感琵琶弦……一七〇
斛律金
敕勒歌……一七〇
雜歌謡辭
童謡……一七一

北周詩附
庾信
商調曲……一七一
烏夜啼……一七一
對酒歌……一七二
奉和泛江……一七二
同盧記室從軍……一七二
至老子廟應詔……一七二
擬詠懷……一七二
喜晴應詔敕自疏韻……一七三

和王少保遥傷周處士……一七四
奉和永豐殿下言志……一七四
詠畫屏風詩……一七四
梅花……一七四
寄徐陵……一七四
和侃法師……一七四
重別周尚書……一七五
王褒
關山篇……一七五

渡河北……一七五

隋詩
煬帝
飲馬長城窟行示從征群臣……一七五
白馬篇……一七五
楊素
山齋獨坐贈薛内史二首……一七六
贈薛播州……一七六
盧思道

游梁城……一七七
薛道衡
昔昔鹽……一七八
敬酬楊僕射山齋獨坐……一七八
虞世基
人日思歸……一七八
出塞……一七八
入關……一七八
孫萬壽
和周記室游舊京……一七九
早發揚州還望鄉邑……一七九
東歸在路率爾成詠……一七九
王胄
別周記室……一七九
尹式
別宋常侍……一七九
孔德紹
送蔡君知入蜀……一七九
夜宿荒村……一八〇
孔紹安
落葉……一八〇
別徐永元秀才……一八〇
陳子良
送別……一八〇
七夕看新婦隔巷停車……一八〇
王申禮
賦得巖穴無結構……一八〇
呂讓
和入京……一八〇
明餘慶
從軍行……一八一
大義公主
書屏風詩……一八一
無名氏
送別詩……一八一
鷄鳴歌……一八一

序

詩至有唐爲極盛，然詩之盛非詩之源也。今夫觀水者至觀海止矣，然由海而溯之，近于海爲九河，其上爲洚水，爲孟津，又其上由積石以至崑崙之源。《記》曰：祭川者先河後海，重其源也。唐以前之詩，崑崙以降之水也。漢京魏氏，去風雅未遠，無異辭矣。即齊梁之綺縟，陳隋之輕豔，風標品格，未必不遜于唐。然緣此遂謂非唐詩所由出，將四海之水非孟津以下所由注，有是理哉？有明之初，承宋元遺習，自李獻吉以唐詩振，天下靡然從風。前後七子，互相羽翼，彬彬稱盛。然其敝也，株守太過，冠裳土偶，學者咎之。由守乎唐而不能上窮其源，故分門立户者得從而爲之辭，則唐詩者宋元之上流，而古詩又唐人之發源也。予前與樹滋陳子輯唐詩成帙，窺其盛矣。茲復溯隋陳而上，極乎黄軒，凡《三百篇》《楚騷》而外，自郊廟樂章訖童謠里諺，無不備采，書成，得一十四卷。不敢謂已盡古詩，而古詩之雅者略盡于此，凡爲學詩者導之源也。昔河汾王氏，刪漢魏以下詩，繼孔子《三百篇》後，謂之《續經》，天下後世群起攻之曰僭。夫王氏之僭，以其儗聖人之經，非謂其録刪後詩也。使誤用其說，謂漢魏以下學者不當蒐輯，是懲熱羹而吹齏，見人噎而廢食，其亦翦翦拘拘之見爾矣。予之成是編也，于古逸存其概，于漢京得其詳，于魏晋獵其華，而亦不廢夫宋齊後之作者。既以編詩，亦以論世，使覽者窮本知變，以漸窺風雅之遺意，猶觀海者由逆河上之以溯崑崙之源，于詩教未必無少助也夫！

康熙己亥夏五，長洲沈德潛書于南徐之見山樓

例言

康衢擊壤，肇開聲詩。上自陶唐，下暨秦代，韻語可采者，或取正史，或裁諸子，雜録古逸，冠于漢京，窮詩之源也。詩紀備詳，兹擇其尤雅者。

風騷既息，漢人代興，五言爲標準矣。就五言中，較然兩體。蘇李贈答、無名氏《十九首》，古詩體也。《廬江小吏妻》《羽林郎》《陌上桑》之類，樂府體也。昭明獨尚雅音，略于樂府，然措詞叙事，樂府爲長，兹特補昭明《選》未及。後之作者，知所區別焉。

《安世房中歌》，歌中之雅也。漢武《郊祀》等歌，詩中之頌也。《廬江小吏妻》《羽林郎》《陌上桑》等篇，詩中之國風也。樂府中亦具三體，當分別觀之。

曹子建云，漢曲訛不可辨。魏人且然，況今日耶？凡不能句讀及無韻不成誦者均不録。

蘇李以後，陳思繼起，父兄多才，渠尤獨步，故應爲一大宗。鄴下諸子，各自成家，未能方埒也。嗣宗觸緒興懷，無端哀樂，當塗之世，又成別調矣。

壯武之世，茂先休奕，莫能軒輊。二陸潘張，亦稱魯衛。太沖拔出于衆流之中，丰骨峻上，盡掩諸家。鍾記室季孟于潘陸之間，非篤論也。後此越石景純，聯鑣接軫。過江末季，挺生陶公，無意爲詩，斯臻至詣，不第于典午中屈一指云。

詩至于宋，體製漸變，聲色大開。康樂神工默運，明遠廉儁無前，允稱二妙。延年聲價雖高，雕鏤太甚，未宜鼎足矣。齊人寥寥，玄暉獸有一代，元長以下，無能爲役。

蕭梁之代，風格日卑。隱侯短章，猶存古體。文通仲言，辭藻斐然。雖非出群之雄，亦稱一時作者。陳之視梁，抑又降焉。子堅孝穆，並以總持。略其體裁，專求名句，所云差强人意者耶。

梁時橫吹曲，武人之詞居多。北音鏗鏘，鉦鐃競奏。《企喻歌》《折楊柳歌詞》《木蘭詩》等篇，猶漢魏人遺響也。北齊《敕勒歌》，亦復相似。

北朝詞人，時流清響。庾子山才華富有，悲感之篇，常見風骨，所長不專在造句也。徐庾並名，恐孝穆華詞，瞠乎其後。

隋煬帝豔情篇什，同符后主，而邊塞諸作，矯然獨異，風氣將轉之候也。楊處道清思健筆，詞氣蒼然。後此射洪曲江，起衰中立，此爲之勝廣矣。

漢武立樂府采歌謠，郭茂倩編《樂府詩集》，雜謠歌詞，亦俱收録，謂觀此可以知治忽、驗盛衰也。愚于各代詩人後嗣以歌謠，猶前人志云。

漢以前歌詞，後人僞作甚夥，如夏禹《玉牒詞》，漢武帝《落葉哀蟬曲》類是也。詞旨可取，不妨並登，真僞自可存而不論。然如《皇娥》《白帝》歌，事近于誣；虞姬答歌、蘇武妻答詩，詞近于時，類此者不敢從俗采入。

詩非談理，亦烏可悖理也。仲長統《述志》云：畔散五經，滅棄風雅，放恣不可問矣。類此者概所屏却。

晉人《子夜歌》，齊梁人《讀曲》等歌，俚語俱趣，拙語俱巧，自是詩中别調。然雅音既遠，鄭衛雜興，君子弗尚也。愚于唐詩選本中，不收西崑、香奩諸體，亦是此意。

新城王尚書向有古詩選本，抒文載實，極工裁擇。因五言七言分立界限，故三四言及長短雜句均在屏却。兹特采録各體，補所未備。又王選五言兼取唐人，七言下及元代。兹從陶唐氏起，南北朝止，探其源不暇沿其流也。

詩之爲用甚廣。范宣討貳，爰賦《摽梅》；宗國無鳩，乃歌《圻父》。斷章取義，原無達詁也。箋釋評點，俱可無庸。爲學人啓塗徑，未能免俗耳。

書中徵引，宜録全文。緣疏通大義，匪同箋注。凡經史子集，時從删節，近于因陋就簡，識者諒諸。

德潛學識淺尠，于剬詩緝頌，略無所得。此書援據典實，通達奥義，得三益之功居多，參訂姓氏，詳列于簡。

歸愚沈德潛識

古詩源卷一

古逸

擊壤歌

《帝王世紀》：帝堯之世，天下太和，百姓無事，有老人擊壤而歌。

日出而作，日入而息。鑿井而飲，耕田而食。帝力于我何有哉。帝堯以前，近于荒渺。雖有《皇娥》《白帝》二歌，係王嘉僞撰，其事近誣。故以《擊壤歌》爲始。

康衢謠

《列子》：帝治天下五十年，不知天下治與不治與，億兆願戴己與，乃微服游于康衢，聞兒童謠云。

立我蒸民，莫匪爾極。不識不知，順帝之則。

伊耆氏蜡辭

《禮記·郊特牲》云：伊耆氏始爲蜡。蜡者，索也。歲十二月，合聚萬物而索饗之也。祝辭曰。

土反其宅，水歸其壑。昆蟲毋作，草木歸其澤。末句言草木歸根于藪澤，不生于耕稼之土也。

堯戒

《淮南子·人間訓》。

戰戰慄慄，日謹一日。人莫蹪于山，而蹪于垤。大聖人憂勤惕厲語。

卿雲歌

《尚書·大傳》：舜將禪禹，于是俊乂百工，相和而歌《卿雲》。帝倡之，八伯咸稽首而和，帝乃載歌。

卿雲爛兮，糺同糾。縵縵兮。日月光華，旦復旦兮。旦復旦隱寓禪代之旨。

八伯歌

明明上天，爛然星陳。日月光華，弘于一人。

帝載歌

日月有常，星辰有行。四時從經，萬姓允誠。于予論樂，配天之靈。遷于賢善，莫不咸聽。鼚乎鼓之，軒乎舞之。菁華已竭，褰裳去之。

南風歌

《家語》：舜彈五弦之琴，歌《南風》之詩。其詩曰。

南風之薰兮，可以解吾民之慍叶平。兮。南風之時兮，可以阜吾民之財兮。

禹玉牒辭

祝融司方發其英，沐日浴月百寶生。竟似歌行中名語，開後人奇警一派。

夏后鑄鼎繇

《困學記聞》云：太卜三兆，其頌皆千有二百，《夏后鑄鼎繇》云云。

逢逢白雲，一南一北，一西一東，九鼎既成，遷于三國。北與國爲韻，而以一西一東句間之，章法甚奇。

商銘

見《國語》。

嗛嗛之德，不足就也。不可以矜，而祇取憂也。嗛嗛之食，不足狃也。不能爲膏，而祇離咎也。嗛嗛，小貌。○轉以德居食先，此古人章法。

麥秀歌

《史記》：箕子朝周，過故殷墟，感宮室毀壞生禾黍，箕子傷之，欲哭則不可，欲泣爲其近婦人，乃作《麥秀》之詩以歌之。

麥秀漸漸兮，禾黍油油。彼狡童兮，不與我好兮。

采薇歌

《史記》：武王已平殷亂，天下宗周，伯夷叔齊耻之，義不食周粟，采薇首陽山，餓且死，作歌。

登彼西山兮，采其薇矣。以暴易暴兮，不知其非矣。神農虞夏，忽焉没兮。吾適安歸矣。吁嗟徂兮，命之衰矣。

盥盤銘

以下銘辭見《大戴禮》。

與其溺于人也，寧溺于淵。溺于淵猶可游也，溺于人不可救也。諸銘中，有切者，有不必切者，無非借器自儆，若句句黏著，便類後人詠物。

帶銘

火滅修容，慎戒必恭，恭則壽。語極古奥。恭則壽，所謂威儀定命也。

杖銘

惡乎危，于忿懥。惡乎失道，于嗜欲。惡乎相忘，于富貴。

衣銘

桑蠶苦，女工難，得新捐故後必寒。

筆銘

豪毛茂茂，陷水可脫，陷文不活。起句不入韻。

矛銘

造矛造矛，少間弗忍，終身之羞。余一人所聞，以戒後世子孫。末二句忽轉一韻，疊用兩句韻作結。唐人古體每每用之，其原蓋出于此。《葛覃》第三章、《飯牛歌》二章，亦同。

書車

《太平御覽》引《太公金匱》：武王曰，吾隨師尚父之言，因爲書銘。

自致者急，載人者緩。取欲無度，自致而反。聖賢反己之學，不肯自恕。

書户

出畏之，入懼之。

書履

行必履正，無懷僥倖。

書硯

石墨相著而黑，邪心讒言，無得污白。

書鋒

忍之須臾，乃全汝軀。與《矛銘》意同。

書杖

輔人無苟，扶人無咎。

書井

原泉滑滑，連旱則絶。取事有常，賦斂有節。書井忽然觸到賦斂，古人隨事寄託，不工肖物。

白雲謡

《穆天子傳》：乙丑，天子觴西王母于瑶池之上，西王母爲天子謡曰。

白雲在天，丘陵古陵字。自出。道里悠遠，山川間之。將子無死，尚復能來。

祈招

《左傳》：楚子革云：周穆王欲肆其心，周行天下，將皆必有車轍馬迹焉，祭公謀父作《祈招》之詩，以止王心。

祈招之愔愔，式昭德音。思我王度，式如玉，式如金。形民之力，而無醉飽之心。

懿氏繇

《左傳》：陳大夫懿氏卜妻敬仲，其妻占之曰吉，詞曰。

鳳凰于飛，和鳴鏘鏘。有嬀之後，將育于姜。五世其昌，並于正卿。八世之後，莫之與京。

鼎銘

《左傳》：宋正考父佐戴武宣，三命滋益恭，其鼎銘云。

一命而僂，再命而傴，三命而俯。循墻而走，亦莫余敢侮。饘于是，鬻于是，以糊余口。人有卑屈而召侮者，莫余敢侮，方是主敬之驗。孔子亦云恭近于禮，遠恥辱也。

虞箴

《左傳》：魏莊子謂晉侯曰：昔辛甲之爲太史，命百官箴王之闕。于虞人之箴曰。

芒芒禹迹，畫爲九州，經啓九道。民有寢廟，獸有茂草，各有攸處，德用不擾。在帝夷羿，冒于原獸，忘其國恤，而思其麀牡。武不可重，用不恢于夏家。叶姑。獸臣司原，敢告僕夫。起第三句入韻。

飯牛歌

《淮南子》：寧戚欲干齊桓公，困窮無以自達，于是爲商旅，將任車以商于齊。暮宿于郭門外，桓公迎郊客，夜開門，辟任車，爝火(甚盛)，(從者)甚衆，戚飯牛車下，擊牛角而疾商歌。桓公聞之，曰：異哉！非常人也。命後車載之，因授以政。

南山矸，音岸。白石爛。生不逢堯與舜禪，短布單衣適至骭。音幹。從昏飯牛薄夜半，長夜漫漫何時旦。長夜句感慨。

滄浪之水白石粲，中有鯉魚長尺半。敝布單衣裁至骭，清朝飯牛至夜半。黃犢上坂且休息，吾將捨汝相齊國。

出東門兮厲石班，上有松柏青且闌。粗布衣兮緼縷，時不遇兮堯舜主，牛兮努力食細草。大臣在爾側，吾當與汝適楚國。自命大臣，何等自負。適楚國，即後世北走胡南走越意，戰國策士之智，已萌于此。

琴歌

《風俗通》：百里奚爲秦相，堂上樂作，所賃浣婦自言知音，因撫弦而歌，問之，乃故妻也。

百里奚，五羊皮。憶别時，烹伏雌，炊扊扅，今日富貴忘我爲。

暇豫歌

《國語》：晉優施通于驪姬，姬欲害申生而難里克，乃飲里克酒，中飲，優施起舞曰：

暇豫之吾吾，不如鳥烏。人皆集于苑，己獨集于枯。

宋城者謳

《左傳》：鄭公子受命于楚，伐宋。宋師敗績，囚華元。宋人以兵車百乘，文馬四駟，贖華元于鄭。半入，華元逃歸。後宋城，華元爲植，巡功。城者謳以譏之，華元使驂乘者答之，役人又復歌之。

睅其目，皤其腹，棄甲而復。于思讀腮。于思，棄甲復來。

驂乘答歌

牛則有皮，犀兕尚多，棄甲則那。那，猶言何害也。

役人又歌

從其有皮，丹漆若何。答語亦滑稽，而役人之歌，滑稽更甚。

鸜鵒歌

《左傳》：魯文公之世童謡也。至昭公時，有鸜鵒來巢，公攻季氏，敗，出奔齊外野，次乾侯。八年，死于外，歸葬。昭公名稠，公子宋立，是爲定公。

鸜之鵒之，公出辱之。鸜鵒之羽，公在外野。往饋之馬，鸜鵒跦跦。公在乾侯，徵褰與襦。鸜鵒之巢，遠哉遥遥。稠父喪勞，宋父以驕。鸜鵒鸜鵒，往歌來哭。數十年後事，一一皆驗。〇跦跦，跳行貌。褰，褲也。襦，在外短衣也。

澤門之晳謳

《左傳》：宋皇國父爲太宰，爲平公築臺于門。妨于農收，子罕請俟農功之畢，公弗許，築者謳曰：

澤門之晳，實興我役。邑中之黔，實慰我心。

忼慷歌

歌見孫叔敖碑。與《史記·滑稽傳》所載相類，附録《史記》于此。楚相孫叔敖死，其子窮困負薪。優孟憐之，即爲孫叔敖衣冠，抵掌談語。歲餘，像孫叔敖。楚王置酒，優孟前爲壽。王大驚，以爲孫叔敖復生也，欲以爲相。優孟曰：楚相不足爲也。孫叔敖爲相，盡忠爲廉，王得以伯。今死，其子貧負薪。必如孫叔敖，不如自殺。因歌云云。王乃召孫叔敖子，封之寢丘。

貪吏而不可爲而可爲，廉吏而可爲而不可爲。貪吏而不可爲者，當時有污名。而可爲者，子孫以家成。廉吏而可爲者，當時有清名。而不可爲者，子孫困窮被褐而負薪。貪吏常苦富，廉吏常苦貧。獨不見楚相孫叔敖，廉潔不受錢。將廉吏之不可爲說透，而主意于末一語綴出，情深語竭。楚王聽之，不覺自入。

子產誦二章

《左傳》：子產從政一年，輿人誦之云云。及三年，又誦之云云。

取我衣冠而褚之，取我田疇而伍之。孰殺子產，吾其與之。

我有子弟，子產誨之。我有田疇，子產殖音治。之。子產而死，誰其嗣之。

孔子誦二章

《家語》：孔子始用于魯，魯人鷖誦之云云。及三月，政成，化既行，又誦之云云。

麛裘而韠，投之無戾。韠之麛裘，投之無郵。

袞衣章甫，實獲我所。章甫袞衣，惠我無私。

去魯歌

《史記》：孔子相魯，魯大治。齊人歸女樂，季桓子受之，三日不聽政。郊，又不致膰于大夫。孔子遂行。歌曰。

彼婦之口，可以出走。彼婦之謁，可以死敗。蓋優哉游哉，維以卒歲。

蟪蛄歌

《說苑》：孔子歌云云，政尚静而惡嘩也。

違山十里，蟪蛄之聲，猶尚在耳。《史記》云：魯之衰也，洙泗之間，䀹斷斷如也。即惡嘩之意。

臨河歌

《水經注》：孔子適趙，臨河不濟，嘆而作歌。

狄水衍兮風揚波，舟楫顛倒更相加，歸來歸來胡爲斯。狄，水名，在臨濟，舊作「秋」，誤。

楚聘歌

《孔叢子》：楚王使使奉金幣聘夫子，宰予冉有曰：夫子之道，至是行矣。遂請見，問曰：太公勤身苦志，八十而遇文王，孰與許由之賢？子曰：許由，獨善其身者也。太公，兼利天下者也。然今世無文王，雖有太公，孰能識之？歌曰。

大道隱兮禮爲基，賢人竄兮將待時，天下如一兮欲何之。

獲麟歌

《孔叢子》：叔孫氏之車子鉏商樵于野而獲麟焉，衆莫之識，以爲不祥。夫子往觀焉，泣曰：麟也，麟出而死，吾道窮矣。歌云云。

唐虞世兮麟鳳游，今非其時來何求，麟兮麟兮我心憂。和平語入人自深，此聖人之言也。

龜山操

《琴操》：季桓子受齊女樂，孔子欲諫不得，退而望魯龜山作歌，喻季之蔽魯也。

予欲望魯兮，龜山蔽之。手無斧柯，奈龜山何。所以七日誅少正卯也，故知聖人不尚姑息。

盤操《琴操》。

乾澤而漁，蛟龍不游。覆巢毀卵，鳳不翔留。慘予心悲，還原息陬。

水仙操

《琴苑要録》：《水仙操》，伯牙所作也。伯牙學琴于成連，三年而成，至于精神寂漠，情之專一，未能得也。成連曰：吾之學，不能移人之情，吾師有方子春，在東海中。乃齎糧從之，至蓬萊山，留伯牙曰：吾將迎吾師。刺船而去，旬時不返。伯牙心悲，延頸四望，但聞海水汩没，山林窅冥，群鳥悲號。仰天嘆曰：先生將移我情。乃援琴而作歌。

緊洞渭兮流澌濩，舟楫逝兮仙不還。移形素兮蓬萊山，歍欽傷宫仙不還。歍，音烏。歍欽未詳。伯姬引亦用歍欽字。〇一序已盡琴理，歌辭略見大意。

接輿歌 事見《莊子》，《論語》所載大同小異。

鳳兮鳳兮，何如德之衰也。來世不可待，往世不可追也。天下有道，聖人成焉。天下無道，聖人生焉。方今之時，僅免刑焉。福輕乎羽，莫之知載。禍重乎地，莫之知避。已乎已乎，臨人以德。殆乎殆乎，畫地而趍。音促。迷陽迷陽，無傷吾行。吾行却曲，無傷吾足。聖人生焉，謂徒生于世也。〇迷陽，草名，其膚多刺，故曰無傷云云。

成人歌 《檀弓》：成人有其兄死而不爲衰者，聞高子臯爲成宰，遂爲衰，成人歌曰。

蠶則績而蟹有匡，范則冠而蟬有緌，兄則死而子臯爲之衰。成，魯邑名。匡，蟹背殼似匡也。范，蜂也。緌，謂蟬喙，長在腹下。此嗤兄死者，其衰之不爲兄也。

漁父歌 《吴越春秋》：伍員奔吴，追者在後，至江，江中有漁父，子胥呼之，漁父欲渡，因歌云云。子胥止蘆之漪，漁父又歌云云。既渡，漁父視之有飢色，曰：爲子取餉。漁父去，子胥疑之，乃潛深葦之中。父來，持麥飯鮑魚羹盎漿，求之不見，因歌而呼之云云。子胥出，飲食畢，解百金之劍以贈，漁父不受，問其姓名，不荅。子胥誡漁父曰：掩子之盎漿，無令其露。漁父諾。胥行數步，漁者覆船自沉于江。

日月昭昭乎寖已馳，與子期乎蘆之漪。

日已夕兮，予心憂悲。月已馳兮，何不渡爲。事寖急兮將奈何。

蘆中人，豈非窮士乎？合上章爲韻，其聲愈促。

偕隱歌 《琴清英》云：祝牧與其妻偕隱，乃作歌。

天下有道，我黻子佩。天下無道，我負子戴。

徐人歌 劉向《新序》：延陵季子將聘晉，帶寶劍。徐君不言，而色欲之。季子未獻也，然其心已許之。使反，而徐君已死，季子于是以劍帶徐君墓樹而去。徐人爲之歌。

延陵季子兮不忘故，脱千金之劍兮帶丘墓。

越人歌 劉向《説苑》：鄂君子晳泛舟于新波之中，乘青翰之舟，張翠蓋，會鍾鼓之音，越人擁楫而歌。于是鄂君乃榆修袂行而擁之，舉綉被而覆之。

今夕何夕兮，搴洲中流。今日何日兮，得與王子同舟。蒙羞被好兮，不訾詬耻。心幾煩而不絶兮，得知王子。山有木兮木有枝，心説君兮君不知。與思公子兮未敢言同一婉至。

越謡歌 《風土記》：越俗性率朴，初與人交，有禮。封土壇，祭以犬鷄，祝曰。

君乘車，我戴笠，他日相逢下車揖。君擔簦，我跨馬，他日相逢爲君下。

琴歌 《列女傳》：齊人杞梁殖襲莒，戰死，其妻哭于城下，七日而城崩，故《琴操》云：殖死，其妻援琴作歌曰。

樂莫樂兮新相知，悲莫悲兮生别離。

靈寶謡 《靈寶要略》：吴王闔閭出游包山，見一人，自言姓山名隱居。闔閭扣之，乃入洞庭，取《素書》一卷呈闔閭。其文不可識，令人齎之問孔子，孔子曰，丘聞童謡云云。

吴王出游觀震湖，龍威丈人山隱居。北上包山入靈墟，乃入洞庭竊禹書。天地大文不可舒，此文長傳百六初，若强取出喪國廬。

吴夫差時童謡 《述異記》：吴王有别館在句容，楸梧成林，故名梧宫。或云即館娃宫，宫有梧桐園。

梧宫秋，吴王愁。國家愁慘之狀，盡于六字中。不啻聞雍門之彈矣。秋，隱語也。

烏鵲歌 《彤管集》：韓憑爲宋康王舍人，妻何氏美，王欲之，捕舍人，築青陵之臺，何氏作《烏鵲歌》以見志，遂自縊。

南山有烏，北山張羅。烏自高飛，羅當奈何。

烏鵲雙飛，不樂鳳凰。妾是庶人，不樂宋王。妙在質直。唐孟郊《列女操》：波瀾誓不起，妾心井中水。此一種也。

答夫歌

其雨淫淫，河大水深，日出當心。王得詩，以問蘇賀。賀曰：雨淫淫，愁且思也。河水深，不得往來也。日當心，死志也。〇語特奇創。

越群臣祝

《吳越春秋》：越王勾踐五年，與大夫種、范蠡入臣于吳，群臣送之浙江之上，臨水祖道，軍陳固陵，大夫前爲祝，詞曰。

皇天祐助，前沈後揚。禍爲德根，憂爲福堂。威人者滅，服從者昌。王離牽致，其後無殃。君臣生離，感動上皇。衆夫悲哀，莫不感傷。臣請薄脯，酒行二觴。前沈後揚，吳越初終，盡此四字。

大王德壽，無疆無極。乾坤受靈，神祇輔翼。我王厚之，祉祐在側。德銷百殃，利受其福。去彼吳庭，來歸越國。

祝越王辭

《吳越春秋》：越王既滅吳，伯諸侯，置酒文臺，群臣爲樂，大夫種進祝酒，詞曰。

皇天祐助，我王受福。良臣集謀，我王之德。宗廟輔政，鬼神承翼。君不忘臣，臣盡其力。上天蒼蒼，不可掩塞。觴酒二升，萬福無極。君不忘臣，臣盡其力。恐君臣之不終，故有此語。我王仁賢，懷道抱德。滅讎破吳，不忘返國。賞無所吝，群邪杜塞。君臣同和，福祐千億。觴酒二升，萬歲難極。

彈歌

《吳越春秋》：越王欲謀伐吳，范蠡進善射者陳音。王問曰：孤聞子善射，道何所生？對曰：臣聞弩生于弓，弓生于彈，彈起于古之孝子，不忍見父母爲禽獸所食，故作彈以守之。歌曰。

斷竹續竹，飛土逐宍。宍，古肉字。〇二字爲句。〇劉勰云：斷竹黄歌，賢之至也。

禳田者祝

《史記》：齊威王使淳于髡于趙，請兵御楚，齎金百斤，車馬十駟，髡仰天大笑，冠纓索絶。王曰：先生少之乎？髡曰：臣從東方來，見道旁禳田者，操豚蹄，酒一盂而祝云云。臣見所持者狹，而所欲者奢，故笑之。

甌窶音樓。滿篝，污邪滿車。五穀蕃熟，穰穰滿家。甌窶，少意。篝，籠也。言少者猶滿篝也。污邪，下田也。〇詞極古茂。起二語亦可二字成句，詩《蝃蝀在東》同此。

巴謠歌

《茅盈內傳》：秦始皇三十一年，九月庚子，茅盈高祖濛于華山之中，乘雲駕鶴，白日昇天。先是時，有《巴謠歌辭》云云。始皇聞謠歌而問其故，父老具對曰：此仙人之謡歌，勸帝求長生之術。于是始皇欣然，乃有尋仙之志。因改臘月嘉平。

神仙得者茅初成，駕龍上昇入太清。時下玄洲戲赤城，繼世而往在我盈，帝若學之臘嘉平。

渡易水歌

《史記》：燕太子丹使荆軻刺秦王。至易水之上，既祖取道，高漸離擊筑，荆軻和而歌，爲變徵之聲，士皆垂泪涕泣，又前而歌曰。

風蕭蕭兮易水寒，壯士一去兮不復還。至今讀之，猶存變徵之聲。

三秦記民謡

武功太白，去天三百。孤雲兩角，去天一握。山水險阻，黄金子午。蛇盤烏櫳，勢與天通。奇奥。

楚人謡

《史記》：楚懷王爲張儀所欺，客死于秦，至王負芻，遂爲秦所滅，百姓哀之。

楚雖三户，亡秦必楚。哀痛激烈，比《松柏之歌》尤甚。

河圖引蜀謡

汶阜之山，江出其腹。帝以會昌，神以建福。

湘中漁歌

帆隨湘轉，望衡九面。《禹貢》：夾右碣石，入于河。簡而能達，不圖此復遇之。

太公兵法引黄帝語

以下古逸諧語。

日中不彗，是謂失時。操刀不割，失利之期。執柯不伐，賊人將來。涓涓不塞，將爲江河。熒熒不救，炎炎奈何。兩葉不去，將用斧柯。爲虺弗摧，行將爲蛇。『兩葉不去』二句，古人未嘗不造句也。〇不必果出黄帝，然其語可録。

六韜

天下攘攘，皆爲利往。天下熙熙，皆爲利來。

管子

墻有耳，伏寇在側。

左傳引逸詩

翹翹車乘，招我以弓。豈不欲往，畏我友朋。陳敬仲引。○難進之思凜然。

俟河之清，人壽幾何。兆云詢多，職競作羅。鄭子駟引。

雖有絲麻，無棄菅蒯。雖有姬姜，無棄蕉萃。同顦顇。凡百君子，莫不代匱。見子重伐莒篇。

左傳

山有木，工則度之。賓有禮，主則擇之。魯羽父引周諺。

心苟無瑕，何恤乎無家。晉士蔿引諺。

畏首畏尾，身其餘幾。鄭子家引古言。

雖鞭之長，不及馬腹。晉伯宗引古語。

國語

獸惡其網，民怨其上。單襄公引諺。

衆心成城，衆口鑠金。州鳩對周景王引諺。

從善如登，從惡如崩。衛彪傒引諺。

孔子家語

相馬以輿，相士以居。英雄短氣。

列子

生相憐，死相捐。《楊朱篇》引諺。

人不婚宦，情欲失半。人不衣食，君臣道息。古語。

韓非子

奔音僨。車之上無仲尼，覆舟之下無伯夷。

慎子

不聽不明，不能爲王。不瞽不聾，不能爲公。要知聰明聾瞽，並行不悖。冕而前旒，黈纊塞耳，亦不專主聰明也。

魯連子

心誠憐，白髮玄。情不怡，豔色媸。

戰國策

寧爲鷄口，無爲牛後。蘇秦爲趙合從，説韓曰：聞之鄙語云云。○一云，鷄尸牛從。尸，主也。從，牛子也。

削株掘根，無與禍鄰，禍乃不存。張儀説秦，臣聞之云云。

史記 下俱漢以後矣，因衆人稱引，按之時代，未能皆有所屬，故亦入『古逸』中。

蓬生麻中，不扶自直。白沙在泥，與之皆黑。與芝蘭、鮑魚同意。

當斷不斷，反受其亂。《黄歇傳》贊引語。

長袖善舞，多錢善賈。《蔡澤傳》，太史公引韓非語。

農不如工，工不如商，刺綉文不如倚市門。《貨殖傳》。

漢書

狡兔死，走狗烹。飛鳥盡，良弓藏。敵國破，謀臣亡。《韓信傳》。

不習爲吏，視已成事。賈誼引鄙諺。

水至清則無魚，人至察則無徒。東方朔《客難》。

千人所指，無病而死。王嘉上封事諫成帝益封董賢，引里諺云。○比高明之家，鬼瞰其室，及美服患人指等語，更爲可危可懼，一能勝予，况千人乎？

列女傳引古語

力田不如遇豐年，力桑不如見國卿，刺綉文不如倚市門。

説苑

綿綿之葛，在于曠野。良工得之，以爲絺紵。良工不得，枯死于野。

劉向别録引古語

唇亡而齒寒，河水崩其壞在山。

新序

蠹喙仆柱梁，蚊芒走牛羊。

風俗通

狐欲渡河，無奈尾何。小狐肸濟，濡其尾。更爲古奥。

婦死腹悲，惟身知之。

縣宫漫漫，怨死者半。

金不可作，音做。世不可度。點破秦皇、漢武。

桓子新論引諺

人聞長安樂，則出門而西向笑。知肉味美，則對屠門而大嚼。

牟子引古諺 東漢牟融。

少所見，多所怪，見橐駝言馬腫背。謔語，使讀者失笑。

易緯引古詩

一夫兩心，拔刺不深。可反證『同心斷金』。

躓馬破車，惡婦破家。

四民月令引農語 東漢崔寔撰。

三月昏，參星夕。杏花盛，桑葉白。

河射角，堪夜作。犁星没，水生骨。

月令註引里語

蜻蛉鳴，衣裘成。蟋蟀鳴，懶婦驚。

水經註引諺

射的白，斛米百。射的玄，斛米千。射的，山名，遠望狀若射侯，土人以驗年之登否。

山經引相冢書

山川而能語，葬師食無所。肺腑而能語，醫師色如土。

文選註引古諺

越阡度陌，互爲主客。

魏志王昶引諺

救寒無若重裘，止謗莫若自修。

梁史

屋漏在上，知之在下。

史照通鑑疏引諺

足寒傷心，民怨傷國。

古諺古語

觸露不掐葵，日中不翦韭。

將飛者翼伏，將奮者足跼。將噬者爪縮，將文者且樸。

上求材，臣殘木。上求魚，臣乾谷。上可以多求乎？造句簡古。

無鄉之社，易爲黍肉。無國之稷，易爲求福。

古詩源卷二

漢詩

◎高帝

大風歌

《史記》：高祖既定天下，還過沛。留置酒沛宫，悉召故人父老子弟佐酒，發沛中兒，得百二十人，教之歌。酒酣，上擊筑自歌曰。

大風起兮雲飛揚，威加海内兮歸故鄉，安得猛士兮守四方。上言掃除群雄，末言守成也。○時帝春秋高，韓、彭已誅，而孝惠仁弱，人心未定，思猛士，其有悔心乎？

鴻鵠歌

《史記》：高帝欲立戚夫人子趙王如意，後不果。戚夫人涕泣。帝曰：爲我楚舞，我爲若楚歌。其旨言太子得四皓爲輔，羽翼成就，不可易也。

鴻鵠高飛，一舉千里。羽翼已就，横絶四海。横絶四海，又可奈何。雖有繒繳，將安所施。

◎項羽

垓下歌

《史記》：漢圍項羽垓下，夜聞漢軍皆楚歌，驚曰：漢皆已得楚乎？起飲帳中。有美人虞常從，駿馬名騅常騎之，乃悲歌慷慨，歌數闋，美人和之。

力拔山兮氣蓋世，時不利兮騅不逝。騅不逝兮可奈何，虞兮虞兮奈若何。可奈何，奈若何，嗚咽纏綿。從古真英雄必非無情者。○虞姬和歌竟似唐絶句矣，故不録。

◎唐山夫人

高帝姬。韋昭曰：唐山，姓也。

安世房中歌

《漢書·禮樂志》曰：漢房中祠樂，高祖唐山夫人所作也。

大孝備矣，休德昭明。高張四縣，同懸。樂充宫庭。芬樹羽林，雲景杳冥。金支秀華，庶旄翠旌。末四句幽光靈響，不專以典重見長。

七始華始，肅倡和聲。神來晏娭，同嬉。庶幾是聽。鬻音竹。鬻音送，細齊人情。忽乘青玄，熙事備成。清思昒音有。昒，經緯冥冥。鬻鬻二語，寫樂音深静，可補《樂記》所缺。

我定曆數，人告其心。敕身齊戒，施教申申。乃立祖廟，敬明尊親。

大矣孝熙，四極爰轃。

王侯秉德，其鄰翼翼。顯明昭式，清明鬯矣。皇帝孝德，竟全大功，撫安四極。

海内有奸，紛亂東北。詔撫成師，武臣承德。行樂交逆，簫勺群慝。肅爲濟哉，蓋定燕國。

大海蕩蕩水所歸，高賢愉愉民所懷。大山崔，百卉殖。民何貴，貴有德。以下忽爲變調，或急或緩，各極音節之妙。

安其所，樂終産。樂終産，世繼緒。飛龍秋，游上天。高賢愉，樂民人。

豐草葽，女蘿施。善何如，誰能回。大莫大，成教德。長莫長，被無極。此章忽用比興。

雷震震，電耀耀。明德鄉，治本約。治本約，澤弘大。加被寵，咸相保。施德大，世曼壽。

都荔遂芳，窅窊桂華。教奏天儀，若日月光。乘玄四龍，回馳北行。羽旄殷盛，芬哉芒芒。孝道隨世，我署文章。孝道隨世，《中庸》所云達孝也。

馮馮翼翼，承天之則。吾易久遠，燭明四極。慈惠所愛，美若休德。杳杳冥冥，克綽永福。

磑音位。磑即即，師象山則。嗚呼孝哉，案撫戎國。蠻夷竭歡，象來致福。兼臨是愛，終無兵革。《禮樂志》曰：磑磑，崇積也。即即，充實也。

嘉薦芳矣，告靈饗矣。告靈既饗，德音孔臧。惟德之臧，建侯之常。承保天休，令問不忘。

皇皇鴻明，蕩侯休德。嘉承天和，伊樂厥福。在樂不荒，惟民之則。浚則師德，下民咸殖。令問在舊，孔容翼翼。規語得體。

孔容之常，承帝之明。下民之樂，子孫保光。承順溫良，受帝之光。嘉薦令芳，壽考不忘。承有明德，師象山則。雲施稱民，永受厥福。承容之常，承帝之明。下民安樂，受福無疆。

《郊廟歌》近頌，《房中歌》近雅。古奧中帶和平之音，不膚不庸，有典有則，是西京極大文字。〇首言大孝備矣，以下反反覆覆，屢稱孝德。漢朝數百年家法，自此開出，累代廟號，首冠以孝，有以也。

◎朱虛侯章

耕田歌

《史記》：諸吕擅權，章忿劉氏不得職。嘗入侍晏，太后令爲酒吏。章曰：臣將種也，請以軍法行酒。太后曰：可。酒酣，章乃作《耕田歌》。頃之，諸吕有一人醉亡酒，章追拔劍斬之。太后大驚，業已許其軍法，無以罪也。

深耕溉種，立苗欲疏。非其種者，鉏而去之。

紫芝歌

《古今樂録》：四皓隱于商山作歌。

莫莫高山，深谷逶迤。曄曄紫芝，可以療飢。唐虞世遠，吾將何歸。駟馬高蓋，其憂甚大。富貴之畏人兮，不若貧賤之肆志。

◎武帝

瓠子歌二首

《史記》：元封二年，帝既封禪，乃發卒萬人，塞瓠子決河，還自臨祭，令群臣從官皆負薪。時東郡燒草薪少，乃下淇園之竹以爲楗。上既臨河決，悼其功之不就，爲作歌二章。于是卒塞瓠子，築宫名曰宣房。

瓠子決兮將奈何，浩浩洋洋兮慮殫爲河。殫爲河兮地不得寧，功無已時兮吾音魚。山平。吾山平兮鉅野溢，魚弗鬱兮柏同迫。冬日。正道弛兮離常流，蛟龍騁兮放遠遊。歸舊川兮神哉沛，不封禪兮安知外。爲我謂河伯兮何不仁，泛濫不止兮愁吾人。齧桑浮兮淮泗滿，久不返兮水維緩。齧桑，縣名。

河湯湯兮激潺湲，北渡回兮迅流難。搴長茭兮湛音沈。美玉，河伯許兮薪不屬。薪不屬兮衛人罪，燒蕭條兮噫乎何以禦水。隤林竹兮楗石菑，宣防塞兮萬福來。好大喜功之舉，不無畏天憂世之心。文章古奥，自是西京氣象。

秋風辭

漢武帝故事。帝行幸河東，祠后土。顧視帝京，忻然中流。與群臣飲讌，自作《秋風詞》。

秋風起兮白雲飛，草木黄落兮雁南歸。蘭有秀兮菊有芳，懷佳人兮不能忘。泛樓船兮濟汾河，横中流兮揚素波。簫鼓鳴兮發棹歌，歡樂極兮哀情多，少壯幾時兮奈老何。《離騷》遺響。〇文中子謂樂極哀來，其悔心之萌乎？

李夫人歌

《漢書·外戚傳》：夫人早卒，方士齊少翁言能致其神。乃夜張燈燭，設帷帳，令帝居帳中，遥望見好女如李夫人之貌，不得就視。帝愈悲感，爲作詩。

是耶非耶，立而望之，翩何姍姍其來遲。

柏梁詩

元封三年，作《柏梁臺》，詔群臣二千石，有能爲七言詩乃得上坐。

日月星辰和四時。帝。驂駕駟馬從梁來。梁孝王武。郡國士馬羽林材。大司馬。總領天下誠難治。丞相石慶。和撫四夷不易哉。大將軍衛青。刀筆之吏臣執之。御史大夫倪寬。撞鐘伐鼓聲中詩。太常周建德。宗室廣大日益滋。宗正劉安國。周衛交戟禁不時。衛尉路博德。總領從宗柏梁臺。光禄勳徐自爲。平理清讞决嫌疑。廷尉杜周。修飾輿馬待駕來。太僕公孫賀。郡國吏功差次之。大鴻臚壺充國。乘輿御物主治之。少府王温舒。陳粟萬石揚以箕。大司農張成。徼道宫下隨討治。執金吾中尉豹。三輔盗賊天下危。左馮翊盛宣。盗阻南山爲民灾。右扶風李成信。外家公主不可治。京兆尹。椒房率更領其材。詹事陳掌。蠻夷朝賀常舍其。典屬國。柱枅欂櫨相枝持。大匠。枇杷橘栗桃李梅。大官令。走狗逐兔張罘罳。上林令。嚙妃女唇甘如飴。郭舍人。迫窘詰屈幾窮哉。東方朔。〇此七言古權輿，亦後人聯句之祖也。武帝句，帝王氣象，以下難追後塵矣。存之以備一體。〇篇中三『之』字，三『治』字，二『哉』字，二『時』字，二『材』字，古人作詩，不忌重複。且如《三百篇》《株林》一詩，四句中連用二『林』字，二『南』字；《采薇》首章連用玁狁之故句。此類不可勝數。〇《三秦記》謂《柏梁臺詩》是元封三年作。然梁孝王薨于孝景之世，又光禄勳、大鴻臚、大司農、執金吾、京兆尹、左馮翊、右扶風，皆武帝太初元年所更名，不應預書于元封之時。其爲後人擬作無疑也。不然，大君之前，郭舍人敢狂蕩無禮，而東方朔以滑稽語爲戲耶？

落葉哀蟬曲

王子年《拾遺記》：漢武帝思李夫人，不可復得。時穿昆靈之池，泛翔禽之舟，帝自造歌曲，使女伶歌之，時日已西頹，凉風激水，女伶歌聲甚遒，因賦《落葉哀蟬曲》。

羅袂兮無聲，玉墀兮塵生。虚房冷而寂寞，落葉依于重扃。望彼美之女兮，安得感余心之未寧。

蒲梢天馬歌《史記》：武帝伐大宛，得千里馬名蒲梢，作此歌。

天馬徠（古來字。）兮從西極，經萬里兮歸有德。承靈威兮降外國，涉流沙兮四夷服。

◎韋孟

諷諫詩《漢書》：孟爲元王傅，傅子夷王及孫王戊。戊荒淫不遵道，作詩諷諫曰。

肅肅我祖，國自豕韋。黼衣朱黻，四牡龍旂。彤弓斯征，撫寧遐荒。總齊群邦，以翼大商。迭彼大彭，勛績維光。至于有周，歷世會同。王赧聽譖，實絶我邦。我邦既絶，厥政斯逸。賞罰之行，非由王室。庶尹群后，靡扶靡衛。五服崩離，宗周以墜。我祖斯微，遷于彭城。在予小子，勤唉（音移。）厥生。阨此嫚秦，耒耜斯耕。悠悠嫚秦，上天不寧。乃眷南顧，授漢于京。于赫有漢，四方是征。靡適不懷，萬國攸平。乃命厥弟，建侯于楚，俾我小臣，惟傅是輔。矜矜元王，恭儉静一。惠此黎民，納彼輔弼。享國漸世，垂烈于後。迺及夷王，克奉厥緒。咨命不永，惟王統祀。左右陪臣，斯惟皇士。如何我王，不思守保。不惟履冰，以繼祖考。邦事是廢，逸游是娱。犬馬悠悠，是放是驅。務此鳥獸，忽此稼苗。蒸民以匱，我王以媮（音愉。）。所弘匪德，所親匪俊。惟囿是恢，惟諛是信。睮睮（以朱切。）諂夫，諤諤黄髮。如何我王，曾不是察。既藐下臣，追欲縱逸。嫚彼顯祖，輕此削黜。嗟嗟我王，漢之睦親。曾不夙夜，以休令聞。穆穆天子，照臨下土。明明群司，執憲靡顧。正遐由近，殆其茲怙。嗟嗟我王，曷不斯思。匪思匪監，嗣其罔則。彌彌其逸，岌岌其國。致冰匪霜，致墜匪嫚。瞻惟我王，時靡不練。興國救顛，孰違悔過。追思黄髮，秦穆以霸。歲月其徂，年其逮耉。于赫君子，庶顯于後。我王如何，曾不斯覽。黃髮不近，胡不時鑑。『迭彼大彭』，迭，互也，言與大彭互爲伯于商也。○咲，嘆聲。○漸世，没世也。○『惟王統祀』以上，歷叙廢興，即寓諷諫之意。○睮睮，目媚貌。○『穆穆天子』六句，言天子之明，群臣之執法。欲正遠人，先從近始，而王怙恃不悛，危殆無日矣。○『致冰匪霜』二句，言致冰豈非由霜乎？致墜豈非由嫚乎？○『瞻惟我王』下，望其改過之詞。練，習也。言王于上之所言，無不練習也。○肅肅穆穆，漢詩中有此拙重之作，去變雅未遠。後張華、二陸、潘岳輩四言，懨懨欲息矣，故悉汰之。

◎東方朔

誡子詩

《漢書》取前十句爲東方贊。

明者處世，莫尚于中。優哉游哉，于道相從。首陽爲拙，柳下爲工。飽食安步，以仕代農。依隱翫世，詭時不逢。才盡身危，好名得華。有群累生，孤貴失和。遺餘不匱，自盡無多。聖人之道，一龍一蛇。形見神藏，與物變化。隨時之宜，無有常家。言有群、孤貴皆失，以其有常家也。東方先生一生得力，盡在乎此。

◎烏孫公主

悲愁歌

《漢書·西域傳》：元封中，遣江都王建女細君爲公主，以妻烏孫昆莫。昆莫年老，言語不通，公主悲，乃自作歌。

吾家嫁我兮天一方，遠託異國兮烏孫王。穹廬爲室兮旃爲墻，以肉爲食兮酪爲漿。常思漢土兮心内傷，願爲黃鵠兮還故鄉。

◎司馬相如

封禪頌

《史記》：長卿病甚，武帝使所忠往求其書，及至，已卒。其妻曰：長卿未死時爲一卷書，曰：有使來求書奏之。其遺札言封禪事，所忠奏焉。

自我天覆，雲之油油。甘露時雨，厥壤可游。滋液滲漉，何生不育。嘉穀六穗，我穡曷蓄。非惟雨之，又潤澤之。非惟遍之，我氾布濩之。萬物熙熙，懷而慕思。名山顯位，望君之來。君乎君乎，侯不邁哉。般般之獸，樂我君囿。白質黑章，其儀可嘉。旼旼穆穆，君子之能。乃平聲。蓋聞其聲，今觀其來。厥塗靡蹤，天瑞之徵。兹亦于舜，虞氏以興。濯濯之麟，游彼靈畤。孟冬十月，君徂郊祀。馳我君輿，帝有享祉。三代之前，蓋未嘗有。宛宛黃龍，興德而升。采色炫燿，熿炳煇煌。正陽顯見，覺悟黎烝。于傳載之，云受命所乘。厥之有章，不必諄諄。依類託寓，諭以封巒。非惟雨之四語，蓋聞其聲。二語悠揚生動，不專以古拙勝也。後述祥瑞三段，井井有法。

◎卓文君

白頭吟

《西京雜記》：相如將聘茂陵女爲妾，文君作《白頭吟》以自絕，相如乃止。

皚如山上雪，皎若雲間月。聞君有兩意，故來相決絕。今日斗酒會，明旦溝水頭。躞蹀御溝上，溝水東西流。淒淒復淒淒，嫁娶不須啼。願得一心人，白頭不相離。竹竿何裊裊，魚尾何簁簁。男兒重意氣，何用錢刀爲。

◎蘇武

蘇李詩一唱三嘆，感寤具存。無急言竭論，而意自長，言自遠也。故知龐言繁稱，道所不貴。

詩四首

首章別兄弟，次章別妻，三、四章別友，非皆別李陵也。鍾竟陵俱解作別陵，未必然。

骨肉緣枝葉，結交亦相因。四海皆兄弟，誰爲行路人。況我連枝樹，與子同一身。昔爲鴛與鴦，今爲參與辰。昔者長相近，邈若胡與秦。惟念當離別，恩情日以新。鹿鳴思野草，可以喻嘉賓。我有一樽酒，欲以贈遠人。願子留斟酌，敘此平生親。盧子諒云：恩由契闊申，義隨周旋積。奪胎于「恩情日以新」句，而此殊渾然。○兩「人」字複韻。

結髮爲夫妻，恩愛兩不疑。歡娛在今夕，燕婉及良時。征夫懷遠路，起視夜何其。參辰皆已沒，去去從此辭。行役在戰場，相見未有期。握手一長嘆，泪爲生別滋。努力愛春華，莫忘歡樂時。生當復來歸，死當長相思。兩「時」字複韻。

黃鵠一遠別，千里顧徘徊。胡馬失其群，思心常依依。何況雙飛龍，羽翼臨當乖。幸有弦歌曲，可以喻中懷。請爲游子吟，泠泠一何悲。絲竹厲清聲，慷慨有餘哀。長歌正激烈，中心愴以摧。欲展清商曲，念子不能歸。俛仰內傷心，泪下不可揮。願爲雙黃鵠，送子俱遠飛。

燭燭晨明月，馥馥秋蘭芳。芬馨良夜發，隨風聞我堂。征夫懷遠路，游子戀故鄉。寒冬十二月，晨起踐嚴霜。俯觀江漢流，仰視浮雲翔。良友遠別離，各在天一方。山海隔中州，相去悠且長。嘉會難再遇，歡樂殊未央。願君崇令德，隨時愛景光。寫情款款，淡而彌悲，連上首應是贈李作。

◎李陵

與蘇武詩三首

良時不再至，離別在須臾。屏營衢路側，執手野踟蹰。仰視浮雲馳，奄忽互相逾。風波一失所，各在天一隅。長當從此別，且復立斯須。欲因晨風發，送子以賤軀。一片化機，不關人力，此五言詩之祖也。○音極和，調極諧，字極穩，然自是漢人古詩，後人摹仿不得，所以爲至。○唐人句云：孤雲與飛鳥，相失片時間。推爲名句。讀『奄忽互相逾』句，高下何止倍蓰耶！

嘉會難再遇，三載爲千秋。臨河濯長纓，念子悵悠悠。遠望悲風至，對酒不能酬。行人懷往路，何以慰我愁。獨有盈觴酒，與子結綢繆。

攜手上河梁，游子暮何之。徘徊蹊路側，悢音亮。悢不得辭。行人難久留，各言長相思。安知非日月，弦望自有時。努力崇明德，皓首以爲期。此別永無會期矣，却云『弦望有時』，纏綿溫厚之情也。○『努力崇明德』，正與『願君崇令德』二語相答。

別歌

《漢書》：昭帝即位，匈奴與漢和親。漢使求蘇武等，單于許武還。李陵置酒賀武，因起舞而歌，泣下數行，遂與武決。

徑萬里兮度沙漠，爲君將兮奮匈奴。路窮絶兮矢刃摧，士衆滅兮名已隤。老母已死，雖欲報恩將安歸？

◎李延年

歌一首

《漢書》：李延年性知音律，善歌舞，武帝愛之。延年起舞而歌云云，上嘆息曰：世豈有此人乎！平陽主因言延年有女弟，上召見之，妙麗善舞，由是得幸。

北方有佳人，絶世而獨立。一顧傾人城，再顧傾人國。寧不知傾城與傾國，佳人難再得。欲進女弟，而先爲此歌，倡優下賤之技也。然寫情自深，古來破家亡國，何必皆庸愚主耶？

◎燕刺王旦

歌《漢書》：旦自以武帝子，且長，不得立，乃與姊蓋長公主、左將軍上官桀交通，謀廢立。事覺，昭帝使使者賜璽書，王以綬自絞，夫人隨旦自殺者二十餘人。

歸空城兮，狗不吠，鷄不鳴。横術何廣廣兮，固知國中之無人。

◎華容夫人

歌

髮紛紛兮寘渠，骨籍籍兮亡居。母求死子兮妻求死夫，裴回兩渠間兮君子將安居？杜少陵鬼妾、鬼馬等語，似從此種化出。

◎昭帝

淋池歌《拾遺記》：時穿淋池，中植芰荷，帝時命水嬉，畢景忘歸。使宫人歌曰。

秋素景兮泛洪波，揮纖手兮折芰荷。凉風凄凄揚棹歌，雲光開曙月低河，萬歲爲樂豈云多。『月低河』句，已開六朝風氣。

◎楊惲

拊缶歌詳見《漢書·惲答孫會宗書》。

田彼南山，蕪穢不治。種一頃豆，落而爲萁。人生行樂耳，須富貴何時。以力田之無年，比仕宦之失志，未嘗斥朝廷也，然竟緣此得禍，哀哉！

◎王昭君

怨詩此將入匈奴時所作。

秋木萋萋，其葉萎黄。有鳥處山，集于苞桑。養育毛羽，形容生光。既得升雲，上游曲房。離宫絶曠，身體摧藏。志念抑沉，不得頡頏。雖得委食，心有徊徨。我獨伊何，來往變常。翩翩之燕，遠集西羌。高山峨峨，河水泱泱。父兮母兮，道里悠長。嗚呼哀哉，憂心惻傷。若明訴入胡之苦，不特説不盡，説出亦淺也。呼父呼母，聲泪俱絶。下視石季倫擬作，瑣屑不足道矣。

◎班婕妤

怨歌行

婕妤初爲孝成所寵。其後趙氏日盛，婕妤恐久見危，求供養太后長信宮，作紈扇詩以自悼焉。

新裂齊紈素，皎潔如霜雪。裁成合歡扇，團團似明月。出入君懷袖，動搖微風發。常恐秋節至，涼飆奪炎熱。棄捐篋笥中，恩情中道絶。用意微婉，音韻和平。綠衣諸什，此其嗣響。

◎趙飛燕

歸風送遠操

《西京雜記》：趙后有寶琴名鳳凰，亦善爲《歸風送遠操》。

涼風起兮天隕霜，懷君子兮渺難望，感予心兮多慨慷。

◎梁鴻

五噫歌

《後漢書》：鴻東出關，過京師，作《五噫》之歌。肅宗聞而悲之，求鴻不得。

陟彼北芒兮，噫。顧瞻帝京兮，噫。宮闕崔巍兮，噫。民之劬勞兮，噫。遼遼未央兮，噫。

◎馬援

武溪深行

崔豹《古今注》：《武溪深》，馬援南征時作，門生爰寄生善笛，援作歌以和之。

滔滔武溪一何深，鳥飛不度，獸不敢臨，嗟哉武溪多毒淫。

◎班固

寶鼎詩

《東都賦》詩之一。

嶽修貢兮川效珍，吐金景兮歊浮雲。寶鼎見兮色紛縕，煥其炳兮被龍文。登祖廟兮享聖神，昭靈德兮彌億年。

◎張衡

四愁詩

張衡不樂久處機密，陽嘉中，出爲河間相。時國王驕奢，不遵法度，又多豪右并兼之家。衡下車，治威嚴，能内察屬縣，奸猾行巧劫，皆密知名，下吏收捕，盡服擒。諸豪俠游客，悉惶懼逃出境，郡中大治，争訟息，獄無繫囚。時天下漸弊，鬱鬱不得志，爲《四愁詩》。屈原以美人爲君子，以珍寶爲仁義，以水深雪雰爲小人，思以道術相報，貽于時君，而懼讒邪不得以通。其辭曰：

我所思兮在太山，欲往從之梁父艱，側身東望涕沾翰。美人贈我金錯刀，何以報之英瓊瑶。路遠莫致倚逍遥，何爲懷憂心煩勞。

我所思兮在桂林，欲往從之湘水深，側身南望涕沾襟。美人贈我金琅玕，何以報之雙玉盤。路遠莫致倚惆悵，何爲懷憂心煩傷。

我所思兮在漢陽，欲往從之隴阪長，側身西望涕沾裳。美人贈我貂襜褕，何以報之明月珠。路遠莫致倚踟躕，何爲懷憂心煩紆。

我所思兮在雁門，欲往從之雪紛紛，側身北望涕沾巾。美人贈我錦繡段，何以報之青玉案。路遠莫致倚增嘆，何爲懷憂心煩惋。

心煩紆鬱，低徊情深，風騷之變格也。少陵七歌原于此，而不襲其迹，最善奪胎。○五噫、四愁，如何擬得？後人擬者，畫西施之貌耳。

◎李尤

九曲歌

年歲晚暮時已斜，安得力士翻日車。闕。

古詩源卷三

漢詩

◎蔡邕

樊惠渠歌 并序

陽陵縣東，其地衍隩，土氣辛螫，嘉穀不殖，而涇水長流。光和五年，京兆尹樊君勤恤民隱，乃立新渠。曩之鹵田，化爲甘壤。農民怡悦，相與謳談疆畔，斐然成章，謂之樊惠渠云。其歌曰：

我有長流，莫或閼之。我有溝澮，莫或達之。田疇斥鹵，莫修莫釐。饑饉困悴，莫恤莫思。乃有樊君，作人父母。立我畎畝，黄潦膏凝。多稼

茂止，惠乃無疆，如何勿喜。我壤既營，我疆斯成。泯泯我人，既富且盈。爲酒爲醴，蒸彼祖靈。貽福惠君，壽考且寧。

飲馬長城窟行 亦作古辭。

青青河邊草，綿綿思遠道。遠道不可思，宿昔夢見之。夢見在我傍，忽覺音教。在他鄉。他鄉各異縣，展轉不可見。枯桑知天風，海水知天寒。入門各自媚，誰肯相爲言。客從遠方來，遺我雙鯉魚。呼兒烹鯉魚，中有尺素書。長跪讀素書，書中竟何如。上有加餐食，下有長相憶。通首皆思婦之詞，纏綿宛折，篇法極妙。○宿昔，夙夜也。《列子·周穆王》篇：周之尹氏，大治產，有老役夫昔昔夢爲國君，尹氏昔昔夢爲人僕。○前面一路换韻，聯折而下，節拍甚急。『枯桑』二句，忽用排偶承接，急者緩之，最是古人神妙處。

翠鳥

庭陬有若榴，緑葉含丹榮。翠鳥時來集，振翼修容形。回顧生碧色，動摇揚縹青。幸脱虞人機，得親君子庭。馴心托君素，雌雄保百齡。

琴歌

練余心兮浸太清，滌穢濁兮存正靈。和液暢兮神氣寧，情志泊兮心亭亭，嗜欲息兮無由生。踔宇宙而遺俗兮，眇翩翩而獨征。琴理之最深者。唐人王昌齡、李頎時亦得之。

◎秦嘉

留郡贈婦詩

嘉爲郡上掾，其妻徐淑，寢疾還家，不獲面别，贈詩云爾。

人生譬朝露，居世多屯蹇。憂艱常早至，歡會常苦晚。念當奉時役，去爾日遥遠。遣車迎子還，空往復空返。省書情悽愴，臨食不能飯。獨坐空房中，誰與相勸勉。長夜不能眠，伏枕獨展轉。憂來如循環，匪席不可卷。

皇靈無私親，爲善荷天禄。傷我與爾身，少小罹煢獨。既得結大義，

歡樂苦不足。念當遠别離，思念叙款曲。河廣無舟梁，道近隔丘陸。臨路懷惆悵，中駕正躑躅。浮雲起高山，悲風激深谷。良馬不回鞍，輕車不轉轂。針藥可屢進，愁思難爲數。貞士篤終始，恩義不可屬。

肅肅僕夫征，鏘鏘揚和鈴。清晨當引邁，束帶待鷄鳴。顧看空房中，仿佛想姿形。一别懷萬恨，起坐爲不寧。何用叙我心，遺思致款誠。寶釵好耀首，明鏡可鑑形。芳香去垢穢，素琴有清聲。詩人感木瓜，乃欲答瑶瓊。媿彼贈我厚，慚此往物輕。雖知未足報，貴用叙我情。末章韻脚複『形』字。○詞氣和易，感人自深，然去西漢渾厚之風遠矣。

◎孔融

雜詩

遠送新行客，歲暮乃來歸。入門望愛子，妻妾向人悲。聞子不可見，

日已潛光輝。孤墳在西北，常念君來遲。褰裳上墟丘，但見蒿與薇。白骨歸黄泉，肌體乘塵飛。生時不識父，死後知我誰。孤魂游窮暮，飄颻安所依。人生圖孠（古嗣字。）息，爾死我念追。俛仰内傷心，不覺泪沾衣。人生自有命，但恨生日希。

少陵《奉先詠懷》，有『入門聞號咷，幼子飢已卒』句，覺此更深可哀。

◎辛延年

羽林郎

昔有霍家奴，姓馮名子都。依倚將軍勢，調笑酒家胡。胡姬年十五，春日獨當鑪。長裾連理帶，廣袖合歡襦。頭上藍田玉，耳後大秦珠。兩鬟何窕窕，一世良所無。一鬟五百萬，兩鬟千萬餘。不意金吾子，娉婷過我廬。銀鞍何煜爚，翠蓋空踟躕。就我求清酒，絲繩提玉壺。就我求珍肴，金盤膾鯉魚。貽我青銅鏡，結我紅羅裾。不惜紅羅裂，何論輕賤軀。男兒愛後婦，女子重前夫。人生有新故，貴賤不相逾。多謝金吾子，私愛徒區區。

駢麗之詞，歸宿却極貞正，風之變而不失其正者也。○『一鬟五百萬』二句，須知不是論鬟。

◎宋子侯

董嬌嬈

洛陽城東路，桃李生路傍。花花自相對，葉葉自相當。春風東北起，花葉正低昂。不知誰家子，提籠行采桑。纖手折其枝，花落何飄颻。請謝彼姝子，何爲見損傷。高秋八九月，白露變爲霜。終年會飄墮，安得久馨香。秋時自零落，春月復芬芳。何時盛年去，歡愛永相忘。吾欲竟此曲，此曲愁人腸。歸來酌美酒，挾瑟上高堂。

大意以花落比盛年之易逝也。婀娜其姿，無窮摇曳。○方舟《漢詩説》云：『請謝彼姝子』二句，是問詞。『高秋八九月』四句，是姝子答詞。『秋時自零落』四句，又是答姝子之詞。正意全在『吾欲竟此曲』四句，見歡日無多，勸之及時行樂爾。

◎蘇伯玉妻

盤中詩

山樹高，鳥鳴悲。泉水深，鯉魚肥。空倉雀，常苦饑。吏人婦，會夫希。出門望見白衣，謂當是而更非。還入門，中心悲。北上堂，西入階。急機絞，杼聲催。長嘆息，當語誰。君有行，妾念之。出有日，還無期。結巾帶，長相思。君忘妾，未知之。妾忘君，罪當治。妾有行，宜知之。黃者金，白者玉。高者山，下者谷。姓者蘇，字伯玉。人才多，知謀足。家居長安身在蜀，何惜馬蹄歸不數。羊肉千斤酒百斛，令君馬肥麥與粟。今時人，知四足。與其書，不能讀。當從中央周四角。使伯玉感悔，全在柔婉，不在怨怒，此深于情。○「君有行」，征行也，平聲。「妾有行」，行誼也，去聲。○似歌謡，似樂府，雜亂成文，而用意忠厚，千秋絶調。

◎竇玄妻

古怨歌

玄狀貌絶異。天子使出其妻，妻以公主。妻悲怨，寄書及歌與玄，時人憐之。

煢煢白兔，東走西顧。衣不如新，人不如故。

◎蔡琰

悲憤詩

《後漢書》：琰歸董祀後，感傷亂離，追懷悲憤，作詩。

漢季失權柄，董卓亂天常。志欲圖篡弒，先害諸賢良。逼迫遷舊邦，擁王以自强。海内興義師，欲共討不祥。卓衆來東下，金甲耀日光。平土人脆弱，來兵皆胡羌。獵野圍城邑，所向悉破亡。斬截無孑遺，尸骸相撐拒。馬邊懸男頭，馬後載婦女。長驅西入關，迥路險且阻。還顧邈冥冥，肝脾爲爛腐。所略有萬計，不得令屯聚。或有骨肉俱，欲言不敢語。失意幾微間，輒言斃降虜。要當以亭刃，我曹不活汝。豈敢惜性命，不堪其詈罵。或便加棰杖，毒痛參并下。旦則號泣行，夜則悲吟坐。欲死不能得，欲生無一可。彼蒼者何辜，乃遭此戹禍。邊荒與華異，人俗少義理。處所多霜雪，胡風春夏起。翩翩吹我衣，肅肅入我耳。感時念父母，哀嘆無終已。有客從外來，聞之常歡喜。迎問其消息，輒復非鄉里。邂逅徼時願，骨肉來迎已。己得自解免，當復弃兒子。天屬綴人心，念別無會期。存亡永乖隔，不忍與之辭。兒前抱我頸，問母欲何之。人言母當去，豈復有還時。阿母常仁惻，今何更不慈。我尚未成人，奈何不顧思。見此崩五内，恍惚生狂癡。號呼手撫摩，當發復回疑。兼有同時輩，相送告別離。慕我獨得歸，哀叫聲摧裂。馬爲立踟蹰，車爲不轉轍。觀者皆歔欷，行路亦嗚咽。去去割情戀，遄征日遐邁。悠悠三千里，何時復交會。念我出腹子，胸臆爲摧敗。既至家人盡，又復無中外。城郭爲山林，庭宇生荆艾。白骨不知誰，從横莫覆蓋。出門無人聲，豺狼嗥且吠。煢煢對孤景，怛咤靡肝肺。登高遠眺望，魂神忽飛逝。奄若壽命盡，傍人相寬大。爲復彊視息，雖生何聊賴。託命于新人，竭心自勖勵。流離成鄙賤，常恐復捐廢。人生幾何時，懷憂終年歲。段落分明，而減去脱卸轉接痕迹，若斷若續，不碎不亂，少陵《奉先詠懷》《北征》等作，往往似之。○激昂酸楚，讀去如驚蓬坐振，沙礫自飛，在東漢人中，力量最大。○使人忘其失節，而祇覺可憐，由情真，亦由情深也。世所傳《十八拍》，時多率句，應屬後人擬作。

◎諸葛亮

梁甫吟

《三國志》曰：諸葛亮躬耕隴畝，好爲《梁父吟》。

步出齊城門，遥望蕩陰里。里中有三墳，纍纍正相似。問是誰家墓，田疆古冶子。力能排南山，文能絶地紀。一朝被讒言，二桃殺三士。誰能爲此謀，國相齊晏子。武侯好吟《梁父》，非必但指此章。或篇帙散落，惟此流傳耳。○韻用二「子」字。

◎樂府歌辭

練時日

以下七章皆郊祀歌。

練時日，候有望。焫膋蕭，延四方。九重開，靈之斿。垂惠恩，鴻祜休。

靈之車，結玄雲。駕飛龍，羽旄紛。靈之下，若風馬。左蒼龍，右白虎。靈之來，神哉沛。先以雨，般（音班。）裔裔。靈之至，慶陰陰。相放悲，（同仿佛。）震淡心。靈已坐，五音飭。虞至旦，承靈億。牲繭栗，粢盛香。尊桂酒，賓八鄉。靈安留，吟青黃。遍觀此，眺瑤堂。衆嫭並，綽奇麗。顏如荼，兆逐靡。被華文，厠霧縠。曳阿錫，佩珠玉。俠嘉夜，茝蘭芳。淡容與，獻嘉觴。（古色奇響，幽氣靈光，奕奕紙上，屈子《九歌》後，另開面目。『靈之斿』以下，鋪排六段，而變幻錯綜，不板不實，備極飛揚生動。『衆嫭』四句，寫美人之多，穠麗中則《招魂》之遺也。○此章總叙，下爲分獻之詞。）

青陽

青陽開動，根荄以遂。膏潤并愛，跂行畢逮。霆聲發榮，壛處傾聽。枯槁復産，迺成厥命。衆庶熙熙，施及夭胎。群生啿（徒感切。）啿，惟春之祺。（四章分祭四時之神，天氣時物，無不畢達，直是胸有造化。○啿啿，豐厚貌。）

朱明

朱明盛長，旉與萬物。桐生茂豫，靡有所詘。敷華就實，既阜既昌。登成甫田，百鬼迪嘗。廣大建祀，肅雍不忘。神若宥之，傳世無疆。

西顥

西顥沆碭，秋氣肅殺。含秀垂穎，續舊不廢。（叶發。）奸僞不萌，妖孽伏息。隅辟越遠，四貉咸服。既畏茲威，惟慕純德。附而不驕，正心翊翊。（「續舊不廢」，言肅殺中有生機也。）

玄冥

玄冥陵陰，蟄蟲蓋藏。草木零落，抵冬降霜。易亂除邪，革正異俗。兆民反本，抱素懷樸。條理信義，望禮五嶽。籍斂之時，掩收嘉穀。

惟泰元

惟泰元尊，媪神蕃釐。（音熙。）經緯天地，作成四時。精建日月，星辰度理。

陰陽五行，周而復始。雲風雷電，降甘露雨。百姓蕃滋，咸循厥緒。繼統恭勤，順皇之德。鸞路龍鱗，罔不肸飾。嘉籩列陳，庶幾宴享。滅除凶災，烈騰八荒。鐘鼓竽笙，雲舞翔翔。招摇靈旗，九夷賓將。（泰元，天也。媼神，地也。言天神至尊，地神多福。）

天馬

（《漢書》：元鼎四年秋，馬生渥洼水中，作《天馬》之歌。太初四年春，貳師將軍李廣利斬大宛王首，獲汗血馬，作《西極天馬》之歌。）

太一況（同貺），天馬下。霑赤汗，沫流赭。志俶儻，精權奇。籋（音業）浮雲，晻上馳。體容與，迣（即逝字）萬里。今安匹，龍爲友。

天馬徠，從西極。涉流沙，九夷服。天馬徠，出泉水。虎脊兩，化若鬼。天馬徠，歷無皂。經千里，循東道。天馬徠，執徐時。將摇舉，誰與期。天馬徠，開遠門。竦予身，逝昆侖。天馬徠，龍之媒，游閶闔，觀玉臺。（「歷無皂」，同草。言歷不毛之地，而來東道也。）

戰城南

（以下四章鐃歌。〇漢鼓吹鐃歌十八曲，字多訛誤，茲録其可誦者。）

戰城南，死郭北，野死不葬烏可食。爲我謂烏，且爲客豪。野死諒不葬，腐肉安能去子逃。水聲激激，蒲葦冥冥。梟騎戰鬥死，駑馬裴徊鳴。梁築室，何以南，何以北。禾黍不穫君何食，願爲忠臣安可得。思子良臣，良臣誠可思。朝行出攻，暮不夜歸。（太白云：野戰格鬥死，敗馬嘶鳴向天悲。自是唐人語。讀「梟騎」十字，何等簡勁！末段思良臣，懷頗牧之意也。）

臨高臺

臨高臺以軒，下有清水清且寒。江有香草目以蘭，黄鵠高飛離哉翻。關弓射鵠，令吾主壽萬年。收中吾。（劉履曰：篇末「收中吾」三字，其義未詳，疑曲調之餘聲，如《樂録》所謂羊無夷、伊那何之類。）

有所思

有所思，乃在大海南。何用問遺君，雙珠玳瑁簪，用玉紹繚之。聞君有他心，拉雜摧燒之。摧燒之，當風揚其灰。從今已往，勿復相思。相思與君絶，鷄鳴狗吠，兄嫂當知之。妃呼豨，秋風肅肅晨風颸，東方須臾高知之。怨而怒矣，然怒之切，正望之深，末段餘情無盡。○此亦人臣思君而託言者也。『鷄鳴』二句，即《野有死麕》章意。

上邪

上邪，我欲與君相知，長命無絶衰。山無陵，江水爲竭，冬雷震震，夏雨雪，天地合，乃敢與君絶。『山無陵』下共五事，重疊言之，而不見其排，何筆力之横也！

箜篌引

以下六章相和曲。《古今註》：朝鮮津卒霍里子高，晨起刺船，有一白首狂夫，披髮提壺，亂流而渡，其妻隨而止之，不及，遂墮河而死。妻援箜篌而鼓之，作《公無渡河》之曲，聲甚悽愴。曲終，亦投河而死。子高還，語其妻麗玉，麗玉傷之，乃引箜篌而寫其聲，名曰《箜篌引》。

公無渡河，公竟渡河。墮河而死，當奈公何。纏綿悽惻，《黄牛峽謡》，音節相似。

江南

梁武帝作《江南弄》本此。

江南可采蓮，蓮葉何田田，魚戲蓮葉間。魚戲蓮葉東，魚戲蓮葉西。魚戲蓮葉南，魚戲蓮葉北。奇格。

薤露歌

《古今註》：《薤露》《蒿里》，本出田横門人。横自殺，門人傷之，爲作悲歌二章。孝武時，李延年分爲二曲，《薤露》送王公貴人，《蒿里》送士大夫庶人。使挽柩者歌之，亦謂之挽歌。

薤上露，何易晞。露晞明朝更復落，人死一去何時歸。

蒿里曲

蒿里誰家地，聚斂魂魄無賢愚。鬼伯一何相催促，人命不得少踟躕。

鷄鳴

此曲前後辭不相屬，蓋采詩入樂，合而成章，非有錯簡紊誤也。後多放此。

鷄鳴高樹巔，狗吠深宫中。蕩子何所之，天下方太平。刑法非有貸，柔協正亂名。黄金爲君門，璧玉爲軒堂。上有雙樽酒，作使邯鄲倡。劉王碧青甓，後出郭門王。舍後有方池，池中雙鴛鴦。鴛鴦七十二，羅列自成行。鳴聲何啾啾，聞我殿東廂。兄弟四五人，皆爲侍中郎。五日一時來，觀者滿路傍。黄金絡馬頭，熲熲何煌煌。桃生露井上，李樹生桃傍。蟲來嚙桃根，李樹代桃殭。樹木身相代，兄弟還相忘。

陌上桑

一曰《豔歌羅敷行》。

日出東南隅，照我秦氏樓。秦氏有好女，自名爲羅敷。羅敷善蠶桑，採桑城南隅。青絲爲籠係，桂枝爲籠鉤。頭上倭墮髻，耳中明月珠。緗綺爲下裙，紫綺爲上襦。行者見羅敷，下擔捋髭鬚。少年見羅敷，脱帽著帩頭。耕者忘其犁，鋤者忘其鋤。來歸相怨怒，但坐觀羅敷。一解。使君從南來，五馬立踟躕。使君遣吏往，問是誰家姝。秦氏有好女，自名爲羅敷。羅敷年幾何，二十尚不足，十五頗有餘。使君謝羅敷，寧可共載不。羅敷前置辭，使君一何愚。使君自有婦，羅敷自有夫。二解。東方千餘騎，夫婿居上頭。何用識夫婿，白馬從驪駒。青絲繫馬尾，黃金絡馬頭。腰中鹿盧劍，可直千萬餘。十五府小史，二十朝大夫。三十侍中郎，四十專城居。爲人潔白晳，鬑鬑頗有鬚。盈盈公府步，冉冉府中趨。坐中數千人，皆言夫婿殊。三解。○鋪陳穠至，與辛延年《羽林郎》一副筆墨。此樂府體別于古詩者在此。○「但坐觀羅敷」，坐，緣也；歸家怨怒室人，緣觀羅敷之故也。○謝使君四語，大義凜然。末段盛稱夫婿，若有章法，若無章法，是古人入神處。○篇中韻脚，三「頭」字，二「隅」字，二「餘」字，二「夫」字，二「鬚」字。

長歌行

連下章平調曲。○《古詩》云：長歌正激烈。魏文《燕歌行》云：短歌微吟不能長。言聲有長短也。

青青園中葵，朝露待日晞。陽春布德澤，萬物生光輝。常恐秋節至，焜黃華葉衰。百川東到海，何時復西歸。少壯不努力，老大徒傷悲。「陽春」十字，正大光明。謝康樂「皇心美陽澤，萬象咸光昭」，庶幾相類。

君子行

君子防未然，不處嫌疑間。瓜田不納履，李下不正冠。嫂叔不親授，長幼不比肩。勞謙得其柄，和光甚獨難。周公下白屋，吐哺不及餐。一沐三握髮，後世稱聖賢。

相逢行

清調曲。○一云《相逢狹路間行》，亦云《長安有狹斜行》。

相逢狹路間，道隘不容車。不知何年少，夾轂問君家。君家誠易知，易知復難忘。黃金爲君門，白玉爲君堂。堂上置樽酒，作使邯鄲倡。中庭生桂樹，華燈何煌煌。兄弟兩三人，中子爲侍郎。五日一來歸，道上自生光。黃金絡馬頭，觀者盈道傍。入門時左顧，但見雙鴛鴦。鴛鴦七十二，羅列自成行。音聲何噰噰，鶴鳴東西廂。大婦織羅綺，中婦織流黃。小婦無所爲，挾瑟上高堂。丈人且安坐，調絲方未央。末段後人摘爲《三婦豔》。

善哉行 以下六章瑟調曲。

來日大難，口燥脣乾。今日相樂，皆當喜歡。一解。經歷名山，芝草翻翻。仙人王喬，奉藥一丸。二解。自惜袖短，內讀納。手知寒。慚無靈輒，以報趙宣。三解。月没參橫，北斗闌干。親交在門，饑不及餐。四解。歡日尚少，戚日苦多。以何忘憂，彈箏酒歌。五解。淮南八公，要道不煩。參駕六龍，游戲雲端。六解。〇此言來者難知，勸人及時行樂也。忽云求仙，忽云報恩，忽云結客，忽云飲酒，而仍終之以游仙。無倫無次，杳渺恍惚。

西門行

出西門，步念之。今日不作樂，當待何時。一解。夫爲樂，爲樂當及時。何能坐愁怫鬱，當復待來茲。二解。飲醇酒，炙肥牛。請呼心所歡，何用解愁憂。三解。人生不滿百，常懷千歲憂。晝短而夜長，何不秉燭游。四解。自非仙人王子喬，計會壽命難與期。自非仙人王子喬，計會壽命難與期。五解。人壽非金石，年命安可期。貪財愛惜費，但爲後世嗤。六解。

東門行

出東門，不顧歸。來入門，悵欲悲。盎中無斗儲，還視桁上無懸衣。拔劍出門去，兒女牽衣啼。他家但願富貴，賤妾與君共餔糜，共餔糜。上用滄浪天，故下爲黃口小兒。句中或有訛字。今時清廉，難犯教言，君復自愛莫爲非。

今時清廉，難犯教言，君復自愛莫爲非。行吾去爲遲。平慎行，望君歸。

始勸其安貧賤，繼恐其觸法網，餔糜之婦，豈在詠雄雉者下哉？○既出復歸，既歸復出，功名兒女，纏綿胸次。情事展轉如見。○疊説一過，丁寧反覆之意，末二句進以提身，涉世之道也。○魏文《豔歌何嘗行》：『上慚滄浪之天，下顧黃口小兒』本此，而語句易解。

孤兒行

孤兒生，孤兒遇生，命當獨苦。父母在時，乘堅車，駕駟馬。叶滿補切。父母已去，兄嫂令我行賈。南到九江，東到齊與魯。臘月來歸，不敢自言苦。頭多蟣虱，面目多塵。大兄言辦飯，大嫂言視馬。叶。上高堂，行取同趨。殿下堂。古屋之高嚴，通呼爲殿。孤兒泪下如雨。使我朝行汲，暮得水來歸。手爲錯，足下無菲。《左傳》：共其扉屨。扉，草履也，通作『菲』。愴愴履霜，中多蒺藜。拔斷蒺藜，腸肉中愴欲悲。泪下渫渫，清涕纍纍。冬無複襦，夏無單衣。居生不樂，不如早去，下從地下黃泉。春風動，草萌芽。三月蠶桑，六月收瓜。將是瓜車，來到還家。

瓜車反同翻。覆，助我者少，啖瓜者多。願還我蔕，獨且急歸。兄與嫂嚴，當興較計。亂曰，里中一何譊譊。願欲寄尺書，將與地下父母，兄嫂難與久居。

極瑣碎，極古奧，斷續無端，起落無迹，泪痕血點，結掇而成，樂府中有此一種筆墨。○始用慶韻，次用支微齊韻，次用歌麻韻，次用霽韻，末用魚韻，惟中間有雙句不在韻内者，如『頭多蟣虱，面目多塵』；『上高堂，行取殿下堂』等句，故摇曳其詞，令讀者不能驟領耳。○『黃泉』句乃一韻住處，今不歸入韻内，豈中間或有脱落耶？至多與瓜，本屬一韻，下『蔕』字乃另換韻也。

豔歌行

翩翩堂前燕，冬藏夏來見。兄弟兩三人，流宕在他縣。故衣誰當補，新衣誰當綻。賴得賢主人，覽取爲我綻。夫婿從門來，斜柯西北眄。語卿且勿眄，水清石自見。石見何纍纍，遠行不如歸。

此居停之婦，爲客縫衣，而其夫不免見疑也。末云水清石見，心迹固明矣，然豈如歸去爲得計乎？賢主人指居停婦言。○與《陌上桑》《羽林郎》同見性情之正，《國風》之遺也。

隴西行 一云《步出夏門行》。

天上何所有，歷歷種白榆。桂樹夾道生，青龍對道隅。鳳凰鳴啾啾，一母將九雛。顧視世間人，爲樂甚獨殊。好婦出迎客，顔色正敷愉。伸腰再拜跪，問客平安不。請客北堂上，坐客氈氍毹。清白各異樽，酒上正華疏。酌酒持與客，客言主人持。却略再拜跪，然後持一杯。談笑未及竟，左顧敕中厨。促令辦粗飯，慎莫使稽留。廢禮送客出，盈盈府中趨。送客亦不遠，足不過門樞。取婦得如此，齊姜亦不如。健婦持門户，亦勝一丈夫。起八句若不相屬，古詩往往有之，不必曲爲之説。○却略，奉觴在手，退而行禮，故稍却也。寫得婉媚，通體極贊中，自有諷意。

淮南王篇 舞曲歌辭。

淮南王，自言尊，百尺高樓與天連。後園鑿井銀作床，金瓶素綆汲寒漿。汲寒漿，飲少年。少年窈窕何能賢，揚聲悲歌音絶天。我欲渡河河無梁，願化雙黄鵠還故鄉。還故鄉，入故里。徘徊故鄉，苦身不已。繁舞寄聲無不泰，徘徊桑梓游天外。此哀淮南求仙無益，而以身受禍也。措詞特隱。

傷歌行 以下雜曲歌辭。

昭昭素明月，輝光燭我床。憂人不能寐，耿耿夜何長。微風吹閨闥，羅帷自飄揚。攬衣曳長帶，屣履下高堂。東西安所之，徘徊以彷徨。春鳥翻南飛，翩翩獨翱翔。悲聲命儔匹，哀鳴傷我腸。感物懷所思，泣涕忽沾裳。佇立吐高吟，舒憤訴穹蒼。不追琢，不屬對，和平中自有骨力。

悲歌

悲歌可以當泣，遠望可以當歸。思念故鄉，鬱鬱纍纍。欲歸家無人，欲渡河無船。心思不能言，腸中車輪轉。起最矯健，李太白時或有之。

枯魚過河泣

枯魚過河泣，何時悔復及。作書與魴鱮，相教慎出入。漢人每有此種奇想。

古歌

秋風蕭蕭愁殺人，出亦愁，入亦愁。座中何人，誰不懷憂，令我白頭。胡地多飆風，樹木何修修。離家日趨遠，衣帶日趨緩。心思不能言，腸中車輪轉。蒼莽而來，飄風急雨，不可遏抑。○「離家」二句，同《行行重行行》篇，然以字渾，趨字新，此古詩、樂府之別。

古八變歌

北風初秋至，吹我章華臺。浮雲多暮色，似從崦嵫來。枯桑鳴中林，絡緯響空階。翩翩飛蓬征，愴愴游子懷。故鄉不可見，長望始此回。

猛虎行

饑不從猛虎食，暮不從野雀棲。野雀安無巢，游子爲誰驕。

樂府

行胡從何方，列國持何來。氍毹毾㲪五木香，迷迭艾蒳及都梁。首二句指入貢之人言，本用陽韻，而第二句以來字間之。首句用韻，次句不入韻也。